人生にムダなことはひとつもない

作家 佐藤優

お笑い芸人 ナイツ 土屋伸之 塙宣之

人生にムダなことはひとつもない　目次

第三章 人生にムダなことはひとつもない

ブックデザイン：MalpuDesign（柴﨑精治）
写真：阿部章仁

まえがき

塙 宣之　今回、「湖《みずうみ》」出版社からの提案で、僕らナイツが対談本を出版することになりました。

土屋 伸之　「潮《うしお》」だよ！　ずっと、「湖」だと思っていたのかよ！　一番、大事なところを間違えるなよ！

塙　その対談の、お相手が、佐藤良さんです。

土屋　佐藤優さんだよ！　「優・良・可」の優じゃないんだよ！　「優」と書いて、「マサル」と読むんですよ！

塙　その、マサルさんですね。

土屋　そんな呼び方したことないだろ！　急にフレンドリーになったな！

塙　もう、何回か対談をしてきているので、僕らは、もう佐藤さんのことは、だいぶ詳しいんですけど……。

土屋　すでに、いくつか間違っていますけどね！

塙　まだ、良く知らないという読者のために、「佐藤優」さんについて、ヤホーで調べてきました。

土屋　ヤフーでしょ！　大丈夫ですか？

塙　大丈夫です！　パソコソを使って調べたので！

土屋　パソコンを使ってください！　「ン」が「ソ」になっちゃってますよ！

塙　佐藤優さんは、一九六〇年に東京都で生まれます。その後、埼玉県の大宮市（現・さいたま市）に移り、大宮で性春時代を過ごします。

土屋　青春時代だよ！　性にも目覚めたかも知れないけど！

塙　高校一年生の時には、東欧とン連を一人で旅して回っています。

土屋　また、「ソ」が「ン」になってるよ！　ソ連だろ！　似ているから見落としちゃうだろ！

塙　その後、同志社大学に入学し、同学年の同級生たちと同じように卒業し、その後、同志社大学の同志社大学院へと進学します。

土屋　ややこしいよ！「同」の字が多すぎだろ！

塙　そこで、「組織神学」を専攻しています。

土屋　難しそうな学科ですね。

塙　ちょっと、「組織神学」は、ヤホーで調べても出てこなかったんですよ。

土屋　だから、ヤホーで調べているからだよ！　ちゃんと、ヤフーで調べろよ！

塙　大学院卒業後は、外野手として入団し、情報野球で活躍をします。

土屋　全然違うよ！　外務省に入省して、情報分析官として活躍するんだよ！

塙　一九八八年から九五年にかけては、当時のンビエト連邦の日本大使館に在籍しています。

土屋　ソビエト連邦だろ！　それも、「ソ」が「ン」になってるよ！　ソ連から、ロシアへと変わる、まさに激動の時期ですね。

塙　そうなんです。その激動の時期に仕入れた、貴重な情報と大量のピロシキを後に日本に送ったことで有名ですね。

土屋　勝手に話を作るなよ！　大量のピロシキなんて、持ち帰ってないよ！

塙　ソ連から、ロシアへの変換期を体感するなんて、なかなかできない体験ですからね。貴重な「力士の目撃者」ですよ。

土屋　「歴史の目撃者」だよ！　相撲の話なんか、全然出てきてないだろ！

塙　帰国後も、日ロ関係のさまざまな性交渉に携わっています。

土屋　さまざまな交渉に携わったんだよ！　無理やり下ネタにするなよ！　そういうエロいことを斡旋《あっせん》していた人とかじゃないんだよ！

塙　ところが、二〇〇二年に、あの鈴木大地事件に連座する形で、佐藤さんは、逮捕されてしまいます。

土屋　鈴木宗男事件だよ！　新党大地と、ごっちゃになってるし、鈴木大地という水泳の金メダリストもいるから、ややこしいんだよ！

塙　あ〜、残念。千葉ロッテマリーンズの鈴木大地選手の方でした。

土屋　どっちにしても、間違ってるんだよ！　二人とも、事件なんか起こしてないだろ！　鈴木宗男事件の方だよ！

塙　そっちですね。佐藤さんの逮捕の理由は、背筋の容疑ですね。

土屋　背任《はいにん》だよ！　何で、背筋で逮捕されるんだよ！

塙　それと、偽計《ぎけい》胸部妨害の容疑ですね。

土屋　偽計業務妨害だよ！　背筋も胸も鍛えてないし、そのことで逮捕もされてないよ！

塙　そうなんですよ。だから、いまだに何で逮捕されたのか、分からないんですよね。

土屋　間違って覚えてるからだろ！

塙　これまでの対談のなかで、僕らはその辺の話も単刀直入にうかがってます。ですが、正直、全部忘れちゃったので、また一から聞いてみようと思います。

土屋　何で忘れるんだよ！　失礼だな！　かなりインパクトのある話だったろ！

塙　その後、佐藤さんは、二〇〇五年に、サッカーデビューします。

土屋　作家デビューだよ！　急にサッカー選手にはならないだろ！　もう、いい歳になってるんだよ！　これまでに、驚異《きょうい》的なスピードで、多くの出版物や雑誌の連載を手掛けてきていますよね。

塙　毎月、原稿用紙一〇〇〇文字以上も書かれているみたいですね。

土屋　原稿用紙一〇〇〇枚以上だよ！　一〇〇〇文字ぐらいは、誰でも書けるだろ！　原稿用紙、二枚とちょっとだよ！

塙　原稿用紙一〇〇〇枚って、作家さんなんだから、もうそろそろ、パソコソを買った方がいいんじゃないかと思いますけどね。

土屋　だから、パソコンだよ！　間違い過ぎだろ！　たぶん、パソコンも持っているよ！　原稿用紙に換算すると、一〇〇〇枚以上っていう意味だろ！

塙　そんな佐藤さんと今回、語り合ったテーマは、「人生と信仰とスポーツ」です。

土屋　スポーツの話は語り合っていないよ！　「人生と信仰」についてだろ！　いろいろなスポーツの話題と間違っていたけど、勝手に付け足すなよ！　われわれは、生まれついての創価学会員ですし、佐藤さんも敬虔《けいけん》なプロテスタント教徒ですよね。

塙　そうなんですよね。異なる宗教を信じていても、仕事や友情、夫婦関係などに対して感じていることなどを、たくさん語り合うことができましたね。

土屋　佐藤さんは、日ごろからご自身で「創価学会のファンであり、池田大作先生（創価学会インタナショナル会長）を尊敬している」と公言してるほど、創価学会のことに関しても、勉強熱心ですよね。時々、われわれよりも、創価学会に詳しいところがあったりして、正直ヒヤヒヤしちゃいましたよ。

塙　僕らも、これまで、芸人としてさまざまな出来事があり、その度に創価学会の信仰があったから、なんとか乗り越えてこられた部分があるので、その辺の話についても率直に語っていますね。

土屋　何か急に真面目になったな！

塙　この辺の話題をボケちゃうと、後で、創価学会の先輩に呼び出されて、相当怒られちゃいますからね……。

土屋　そんなことされないよ！　変なことを言うんじゃないよ！　いつも、学ぶことに貪欲で、「知の巨人」とも言われる佐藤さんとの対談は、毎回、発見の連続で勉強になりました。読者の皆さんも、これを読めば、人生をより良く生きるためのヒントが発見できると確信しています。

塙　じゃ、僕も、早速、読んで、より良く生きるためのヒントを探してみます！

土屋　塙さんは、直《じか》に対談してきたんだから、もう必要ないでしょ！

塙　でも、だいぶ忘れちゃってるんでね。

土屋　だから、なんで、忘れちゃうんだよ！

塙　やっぱり、もう一度ちゃんと読んでみた方がいいですよ！　それでは、われわれナイツと、佐藤優さんの対談を、お楽しみください！

第1章 ナイツ・佐藤優の青春時代

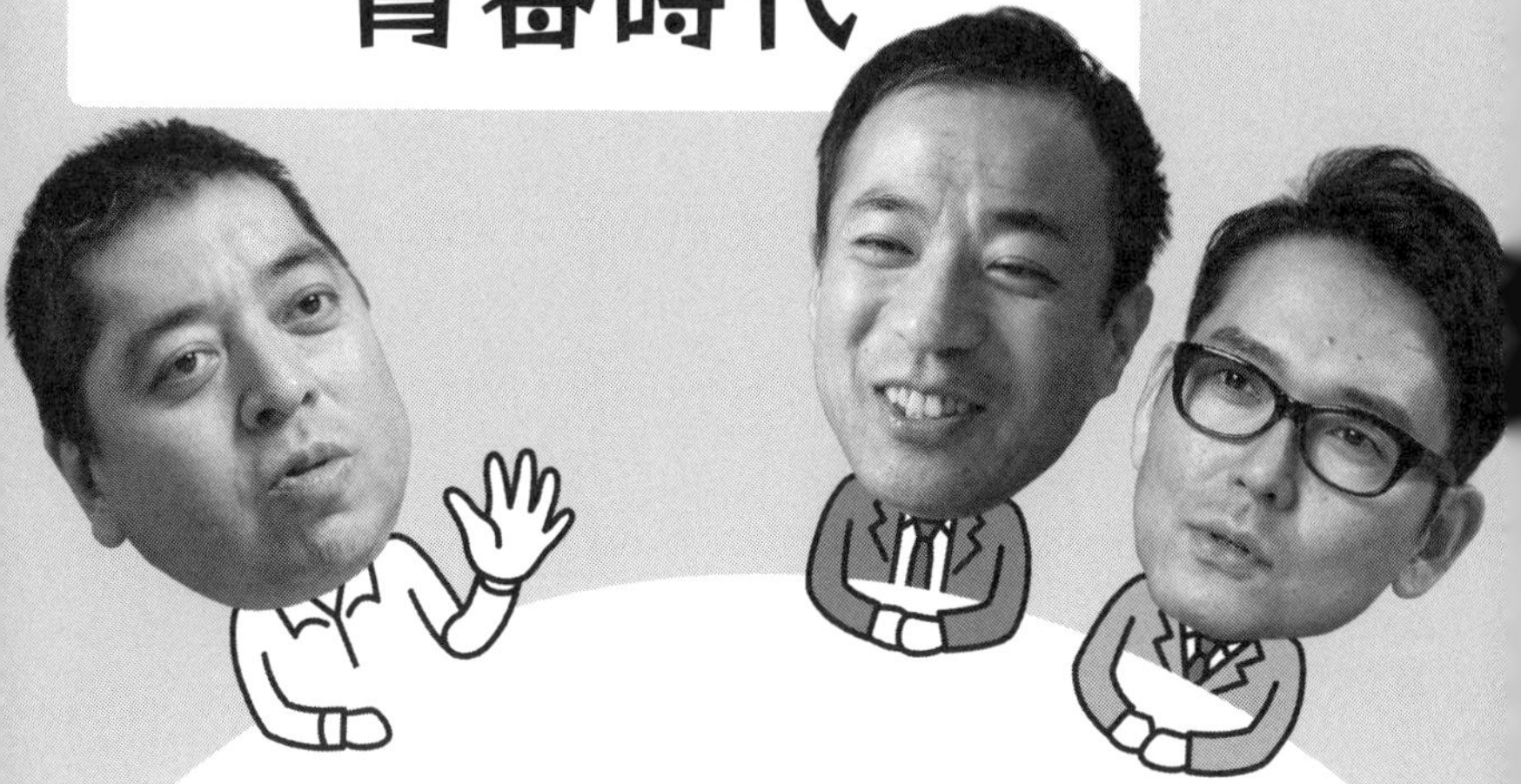

佐藤 優

だからこそ教育が重要ですし、
良き師弟関係が大切なのです。
父親や母親は子どもに愛情を
十分注ぎますが、師匠は
親とは違った観点で弟子を
導いてくれますからね。

大学の落語研究会で誕生したナイツ

佐藤優　ナイツのお二人にお会いできるのを楽しみにしていました。

土屋伸之　佐藤さんは創価学会員の僕らよりも創価学会に詳《くわ》しいので、少し緊張しています。

佐藤　いえいえ。私はプロテスタントのキリスト教徒だから、皆さんから見たら「内道」に入れない「六師外道《ろくしげどう》[*1]」のさらに外側です。（笑）

塙宣之　冒頭からいきなりハラハラする発言ですね。（笑）

佐藤　ナイツのお二人は創価大学落語研究会の出身です。皆さんのお仕事を見ていると、創価大学で学んだ揺《ゆ》るぎなき原点があることがわかります。創価大学の創立者である池田大作[*2]ＳＧＩ（創価学会インタナショナル）会長に喜んでいただきたい、という根本のところがブレていません。だからとても興味がわくんです。

私は外交官時代から、多くの創価学会員と接してきました。創価学会員——特に創価大学出身者は、どんな社会的立場になろうとも学生時代の根っこがしっかりしているところがすごい。お二人はどうして創価大学に進学したのですか。

土屋　僕は創価中学校を受験して落ちているんですよ。小学生のときにちょっと勉強ができたおかげで、母親から「創価中学校を受験してみない？」と言われました。
まわりの同級生は公立中学に進む子ばかりで、私立を受験する子なんてほとんどいなかったんです。だから「カッコいいな」と思って受験してみることにしました。

佐藤　土屋さんが創価中学校に入れたらお母さんが喜ぶしね。

土屋　でも試験には落ちてしまいました。それがすごく悔《くや》しくて、創価高等学校の入試にもう一回挑戦してリベンジしようと思ったんです。するとほかの高校の入試は落ちてしまったのに、なぜか創価高校だけには受かることができました。
もっとも、高校に入ってからは、全然勉強しなかったので、創価大学に進学するのも危《あや》うい状況だったわけですが……。「エスカレーター式」に大学へ進めたわけではなく、なんとか勉強についていってギリギリで創価大学に進学できました。

佐藤　塙さんは。

塙　僕はもともと佐賀市に住んでいまして、小学生のときからお笑いをやろうと思っていたんです。ダウンタウンさんにあこがれて「芸人になろう」と思い、高校時代にお笑いの大会で優勝しました。そのおかげで、福岡の吉本興業への所属が決まりかけていたんです。

佐藤　ずいぶん早熟だったんですね。小さいときから将来の展望を見据《みす》えて、大学には進学せず高校卒業後に業界に入ろうとした。

塙　なのに親が吉本興業に電話をかけて「息子は創価大学に行かせます」と言って、せっかく決まりかけていた吉本興業所属の話を勝手に断っちゃったんですよ。でもよくよく考えると、福岡から出発するよりも、いきなり東京に行ってしまったほうがいいんじゃないかとも思いました。

ともかく芸人になりたい。東京に出たい。そう思っていた僕に親が「一度、創価大学を見てこい」と言うものですから、一人で八王子の創価大学を見学しに行きました。

佐藤　塙さんは佐賀で進学校に通っていたんですか。

塙　浄土真宗系の龍谷《りゅうこく》高等学校に通っていました。高校受験のときに龍谷高校にしか受からず、しかも仏教コースに割り振られちゃったんです。創価学会員なのに、よりによって念仏専門のクラスに入れられちゃった。（笑）

高校時代の僕は、池田大作先生のスピーチが聞ける本部幹部会の同時中継を創価学会の会館まで一人で見に行っていました。任用試験（創価学会教学の基礎試験）で「十界《じっかい》論[*3]」の勉強をしていましたから、龍谷高校の授業で「六道輪廻《ろくどうりんね》[*4]」について教わっても、「六道だけじゃない」と思えてしまって、全然ピンとこないわけです。

佐藤　学会員の皆さんは、教学をかなり熱心に勉強しますからね。塙さんはいろいろな意味で、早熟な高校生だった。

塙　高校で論文を書くときに池田先生のスピーチを引用したところ、教師から「これは何だ。すごいね」と言われたことがあります。

創価大学の見学に出かけて施設や学生を見ていたら「この大学をつくった池田先生はすごい」と素直に思ったんです。そして受験勉強に挑戦した結果、合格することができました。

ナイツ土屋が公認会計士の道をあきらめた理由

佐藤　土屋さんはもともとお笑い志望だったんですか。

土屋　僕は創価大学に進学してから、公認会計士の試験に挑戦するため、大学二年生の秋まで勉強をしていました。

佐藤　公認会計士への挑戦をやめちゃったんですか。

土屋　勉強に全然ついていけなかったんです。自分には難関の国家試験を突破できる実力はないと思ったので、大学二年生の秋にスパッとあきらめて落研《おちけん》（落語研究会）に入りました。

佐藤　そこをきちんと客観視できているのはたいしたものです。司法試験や公認会計士のような国家試験に挑戦するとき、「自分がわからないところはどこか」と認識できていなければいけません。

公認会計士の試験であれば、中学生時代の数学までさかのぼり、わからないところを全部一つひとつつぶしていけばいいわけです。焦っているだけで、わからないところまでいったん引き返す勇気をもてない。難しい問題ばかりに取り組み、全然理解できずイライラばかりが募《つの》る。こういう負のスパイラルに入ると、試験勉強がまったくうまく進まないまま、大学で八年間も試験のために留年をすることになります。

塙　芸人の世界にも、中途半端な状態でずっとくすぶっている人がいます。死ぬ気で努力する勇気をもつのか、思いきっていったん後退する勇気をもつのか。進むも退くも、背水の陣で挑戦する勇気をもたない限り、納得のいかない現状は打破できません。

佐藤　外交官試験もそれなりの覚悟をもって集中的に勉強しなければまず受かりません。

土屋　僕も公認会計士の勉強に挑戦していた当時は、一日一〇時間の勉強をしていました。その疲れを癒《い》やすために、塙さんがやっていた落研のライブを見に行っていたんです。大学二年生の秋、公認会計士試験のために入っていた創価大学の国研《こつけん》（国家試験研究室）をやめて、落研に入りました。

佐藤　国研から落研に足場を変えて、何が一番変わりましたか。

土屋　当時、私のまわりにいた落研のメンバーは、お笑いをやりながら、勉学やバイトをはじめ、創価学会の活動も熱心にがんばっていました。その先輩の姿が魅力的だったのです。それまでの僕は、人とのコミュニケーションと対話があまり得意ではありませんでした。

題目を唱え、創価学会の活動をしながら仏法について勉強を深めると、そんな自分の性格が明るく変わっていったんですよ。自分の生命の状態を、初めて鏡で見たと言いましょうか。「この信心はすごいな」と思ったとき、一学年上の先輩だった塙さんから「一緒にお笑いをやろう」と声をかけられました。

人とのコミュニケーションが苦手な僕でさえ、信心するうちに明るく積極的になれた。この信心さえあれば、この先、長い人生ずっと、塙さんの相方としてお笑いをやっていけるのではないか。そう思えたおかげで、僕は希望をもって、お笑いの世界に飛び込むことができました。

佐藤　土屋さんの力をもってすれば公認会計士試験にも合格したと思います。

土屋　ありがとうございます。二〇〇一年、塙さんがボケ、僕がツッコミ役でナイツを結成しました。

「認識の限界になると人間は笑う」

佐藤　それにしても、創価学会の人はよく笑いますよね。私は創価学会の皆さんの前で講演をすることもありますし、禅宗の僧侶の前で講演することもあります。学会員の皆さんはとてもよく笑うのですが、禅宗の僧侶は誰もクスリとも笑いません。

土屋　おもしろくても笑ってはいけない教義《きょうぎ》なんですか。

佐藤　禅宗の僧侶で作家をしている人から聞いたのですが、おかしな話を聞いて感情が動きそうになったときには、頭の中のスイッチをパッと切り替えて笑わなくするのが、禅宗の修行のポイントなのだそうです。ですから、私がユーモアを交えて二時間話をしても、聴衆《ちょうしゅう》の顔の表情は全然変わりません。

塙　浅草演芸ホールや東洋館でも、「この人は何をしに来ているのだろう」と不思議に思うほどピクリともしないお客さんがいますけどね。（笑）

佐藤　創価学会員はうれしいときには喜ぶ。楽しいときには笑う。頭にきたときには怒る。喜怒哀楽《きどあいらく》を素直に表現しながら、仏法を生活に生かしています。おなかの底から笑い、時にはおなかの底から怒って闘えるところが、創価学会のすごさであり強みです。

私は昔から思想書や哲学書を読んでいますから、「笑い」と言われるとベルクソン（フランスの哲学者）を思い出すわけです。

土屋　ベルクソン……、知らないですね。

塙　有名なコメディアンですよね。（笑）

佐藤　彼は『笑い』（岩波文庫）という本の中で、「認識の限界になると人間は笑う」と考察しました。うれしいときだけでなく、人間は悲しいときにも笑います。実は怖いときにも笑ったりします。つまり、笑いとはある種の限界の部分に触れていくわけです。

池田ＳＧＩ会長が書かれた小説『人間革命』（第一巻）を読むと、冒頭で戸田城聖《とだじようせい》*5第二代会長が豊多摩《とよたま》刑務所（中野刑務所）から出所してくるシーンが描かれます。

土屋　創価学会の牧口常三郎《まきぐちつねさぶろう》*6初代会長と戸田会長は、戦時中に治安維持法違反と不《ふ》敬罪《けいざい》の容疑で逮捕・投獄されました。

佐藤　『人間革命』にはこういうシーンがあります。

電車《でんしや》が原宿駅《はらじゆくえき》に来た時、車中《しやちゆう》の人びとは、突然《とつぜん》、一斉《いつせい》に右側《みぎがわ》の窓外《そうがい》に向かって最《さい》敬礼《けいれい》をした。戸田《とだ》が、窓《まど》の外《そと》に眼《まなこ》を凝《こ》らすと、繁《しげ》った木々《きぎ》が見えた。明治神宮《めいじじんぐう》である。（略）

彼の表情《ひようじよう》は、にわかに憂《うれ》いを帯《お》び、沈痛《ちんつう》になった。彼は口《くち》をつぐんで、窓外の闇《やみ》に広がる、一面《いちめん》の暗《くら》い焼《や》け野《の》原《はら》に視《し》線《せん》を放《はな》っていた。（池田大作著、小説『人間革命』第一巻、聖教新聞社、二〇一三年第二版、三〇頁）

塙　国家神道を精神的支柱として戦争へ暴走していったなごりを目にして、戸田会長の顔は曇《くも》ったわけですよね。

佐藤　でも、次にこういうシーンが出てきます。

車内《しやない》の一隅《いちぐう》に、職人風《しよくにんふう》の男が、四、五人固《かた》まって、電車の走《はし》る音《おと》にも負《ま》けないほど大声《おおごえ》を張《は》り上《あ》げて、何事《なにごと》か盛《さか》んに議《ぎ》論《ろん》を戦《たたか》わせている。

戸田《とだ》は、ふと耳《みみ》を澄《す》ました。焼夷弾《しよういだん》の殻《から》に関《かん》する議論である。

「なにしろ、アメリカの、あの鉄《てつ》はなんというのだろう。質《しつ》はべらぼうなもんだ。あれでシャベルを作《つく》ってみたが、すごいのができる」

（略）

「いや、わしは、あれで包丁《ほうちよう》を作ってみたが、いいね。一つの殻で十丁は取れる」

「なに、十丁？　そんなに取れるもんか。いいとこ五、六丁だろう」

（略）

戸田《とだ》は、微笑《ほほえ》んだ。敵《てき》の焼夷弾《しょういだん》の弾片《だんぺん》の鉄屑《てつくず》から、シャベルを作《つく》り、包丁《ほうちょう》を作る庶民《しょみん》のたくましい知恵《ちえ》に、敬意《けいい》を表したくなった。
（略）
「やぁ、皆《みな》さん、ご苦労《くろう》さん。シャベルと包丁、うんと作ってくださいよ」（前掲書三三～三四頁）

戦争末期を描く『人間革命』を、池田ＳＧＩ会長が「笑い」からスタートしていることに私は注目します。

独裁者は「庶民の笑い」を嫌う

塙　佐藤さんもテレビのバラエティー番組を見ることがあるんですか。

佐藤　私はテレビをほとんど見ません。でも外交官時代には、ときどき講談《こうだん》を聴きに行ったりしていましたよ。

土屋　外交をやるうえで、笑いが役立ったりもするんですか。

佐藤　演説や説得をするときに、皆さんのような芸人さんが見せるパフォーマンスはすごく勉強になります。外交において笑いは極めて重要なんですよ。笑いを取れずユーモアのセンスがない人は、外交交渉をうまくまとめられません。

土屋　政治家も外交官も、笑いを取るユーモアが大事なんですね。

佐藤　大きな業績《ぎようせき》を残す政治家には、必ず人への気配りと笑いがあります。威張《いば》り散《ち》らしてばかりいて笑いのない政治家は、どんなに優秀でもせいぜい真ん中くらいまでしかいけません。

　笑いのない社会とは恐ろしいものです。私は外交官時代、旧ソ連で仕事をしていました。共産主義体制下のソ連では、街を歩いている人の表情が硬《かた》くて誰も笑わなかったものです。一九九一年十二月にソ連が崩壊《ほうかい》すると、街の至《いた》るところに笑顔の人があふれるようになりました。

塙　時代背景によって、笑いたくても笑えない人がいるわけですね。

佐藤　独裁者《どくさいしや》は笑いを嫌いますからね。ソ連共産党支配下の社会では、人々の笑いを管理し、自由に笑うことを認めない息苦しさがありました。日本でもおかしな会社では、朝礼のときにニコニコしていたら「お前、今笑ったな」なんて言われるでしょ。

　池田ＳＧＩ会長のお兄さんは、戦時中に徴兵《ちようへい》されて亡くなりました。息子が戦死した知らせを受けて悲しむお母さんの姿を、池田ＳＧＩ会長は著作の中で何度も書かれています。
戦時中は当局によって笑いが管理され、涙までも管理される悲惨《ひさん》な時代でした。ナイツの漫才を聴く人々は、腹の底から楽しく笑える。笑いは独裁者に抵抗するための武器ですし、笑いにはすごい力があるのです。

作家・佐藤優の少年時代

塙　佐藤さんの幼少期は全然想像がつきませんけど、小さいときはどんな子どもだったんですか。

佐藤　小さいころは「女の子みたいな子どもだね」とよく言われました。男らしく育てられなかったところはあると思います。私には四歳上の兄がいるはずだったのですが、医療ミスのせいで死産になってしまいました。そうしたなかで、父親が三十五歳、母親が三十歳のときに私が生まれたのです。

土屋　佐藤さんは一九六〇年生まれですから、当時としては高齢出産の部類に入りますね。

佐藤　ええ。今は三十代後半どころか、四十代のお母さんが子どもを生んでも全然珍しくありませんけどね。今申し上げたような事情もあって、両親は私のことをものすごく注意して育てたそうです。

土屋　女の子っぽかったということは、ヤンチャをして遊ぶタイプではなかった？

佐藤　父はあまりスポーツが好きではなかったため、キャッチボールなんてやってくれませんでした。ですから、野球はずっと苦手です。

塙　体育会系のワンパク坊主ではなかった。

佐藤　全然そっち系ではありません。そのかわり、理屈っぽいことが好きでした。電柱の上にくっついているトランス（変圧器）を見て、父親に「あれは何？」と質問し、理解できるまで何度でも質問を繰り返す。三歳くらいの段階で、すでにそういう子どもだったようです。

土屋　親からしたらちょっと……。

佐藤　「面倒《めんどう》くせぇなぁ」と思っていたでしょうね。（笑）

土屋　子どものころから、自分の頭で徹底的に考える癖《くせ》が習慣づいていたのですね。

佐藤　それから、理髪店がとても苦手でした。私はなぜか、毛がついたものが肩につくのがとても嫌だったのです。髪の毛を切ろうとすると「虫！　虫！」と大騒《おおさわ》ぎするものだから、理髪店のおじさんがお手上げになっちゃった。医者の注射は全然平気だったんですけどね。ですから小学二年生くらいまで、父親が見よう見まねでバリカンで頭を刈ってくれました。

「風呂場の妖怪ウーさん」と親の影響

土屋　子どものころ、散髪以外にこだわっていた点はありますか。

佐藤　温泉は大丈夫なんですけど、自宅の風呂場は今でも嫌いです。母親から「風呂場にはウーさんという妖怪《ようかい》がいる」と教えられたせいなんですよ。

塙　水木しげるのマンガには、風呂場でアカをナメる「あかなめ」という妖怪が出てきます。ウーさんという妖怪は初めて聞きました。

佐藤　ウーさんは私《わたし》専門の妖怪です。この妖怪は私にとって不気味な存在ではありますが、高熱を出したり窮地《きゅうち》に陥ったときには、確実に助けてくれます。

ウチの母親は、沖縄の久米島出身なんですよ。沖縄には「ニライカナイ」という発想があって、「極楽」とか「地獄」とか、良いことと悪いことを真っ二つに分けて考えません。良いことも悪いことも両方、「ニライカナイ」という異界《いかい》と連動して起きると考えるのです。ウーさんという妖怪も「ニライカナイ」に対応していて、私が悪いことをしたときには怒る。私が苦しがっているときには助けてくれるのです。

土屋　イタズラばかりする妖怪でもなければ、守護霊でもない。佐藤さんがお風呂に入るときには、今でもそのウーさんが頭をよぎるのですね。

佐藤　今もけっこう信じています。母親が「ウーさんが風呂場に住んでいる」とさんざん脅《おど》かしたものですから、いまだに自宅にある狭い風呂は、排水口にウーさんが住んでいるような感じがして嫌いなのです。外の風呂は大きいからいいんですけどね。

塙　僕も小さいころ、親から「オマエの両肩には諸天善神《しょてんぜんじん》[*7]が乗っていて、いつでもオマエを見守っているんだからね」と教わりました。良いことも悪いことも含めて、諸天善神がいつも目を光らせているというのです。

土屋　日蓮大聖人[*8]の御書にはこう書かれています。〈人の身には同生同名と申す二《ふたり》のつ《使》かひを天生《うま》るる時よりつけさせ給いて影の身に・したがふがごとく須臾《しゆゆ》も・はなれず〉

（『日蓮大聖人御書全集』一一一五頁）

佐藤　「善行も悪行も、常に誰かから見られている。そういう気持ちで自分の行動を律していきなさい」――こういう親の教育はすごく重要です。塙さんを含め、創価学会員の皆さんは小さいころからこういう教育を受けています。創価学会員の特徴の一つは、正義感の強さです。

「恥ずかしいことをしてはいけない」という強い倫理観が、日蓮大聖人の仏法への信仰を通じて根底に流れているのです。

塙　常にみんなに見られている。そして、自分たちを見守ってくださる師匠・池田先生がいらっしゃる。僕たちはそういう気持ちで毎日を生きています。

佐藤　両親が「価値観教育」を基本に据えている家庭の子どもには、共通の言葉があります。根本のところで大事にする価値観が抜け落ちている子は、すぐにゼニカネ、お受験や出世といった方向に全部関心がいってしまうわけです。

両親が経験した太平洋戦争

塙　創価学会には、実にさまざまな年齢、職業のメンバーが混在しています。

土屋　同じ地区の中に企業の重役もいれば、アルバイトをやりながら学校へ通っている苦学生もいます。年金生活者も青年もいます。多様な創価学会員の根本にあるのは、日蓮大聖人の仏法への信心です。

佐藤　創価学会が立派なところは「どんな人間でも増上慢《ぞうじょうまん》*9になりうる」と常に繰り返し教えているところです。

こういう価値観教育がなければ、凡夫《ぼんぷ》はあっという間に「自分はすごい人間だ」と思いあがってしまいます。「自分は偉い」

塙　佐藤さんはプロテスタントのキリスト教徒ですが、お父さんとお母さんも熱心なクリスチャンだったんですか。

佐藤　母親はクリスチャンでしたが、父親はもともと禅寺の系統です。「キリスト教は『絶対他力におすがりしろ』という浄土真宗みたいな宗教だろ。そんなものは嫌だ」という感じでした。

塙　お父さんは「この宗教を信じれば極楽浄土へ行ける」というような教えが嫌いだった。

佐藤　そうでした。私の父の仕事は、銀行の電気技師でした。工業学校の夜間部（二部）を卒業したあと、父は東京帝国大学工学部の実験捕手として、試験管を洗ったりハンダ付けをしたり、掃除をするといった下働きの仕事をやっていました。「兵器研究なんてやっている場合じゃない」ということで軍隊に徴収《ちょうしゅう》されました。その後、父は一九四五年（昭和二十年）三月十日の東京大空襲の中を辛うじて生き残りました。私の父は、日本軍が中国大陸に渡った最後の期です。父はこんな話をしてくれました。

「将校たちが『ラジオが壊《こわ》れたから来い』と言う。なんのことはない。日本は一〇〇ボルト、中国は二二〇ボルト。二二〇ボルトの電圧が流れているところに、日本の電化製品の電源を入れたら、壊れるに決まっている」

土屋　そんなことをしたら、どんな電化製品もあっという間にイチコロですね。

佐藤　父は半日がかりで作業し、一〇〇ボルトの電球を直列でつないだそうです。そうすれば電圧が落ち、電球が切れずピカーッと光ります。ほかの電化製品も使えるようになります。

「基本的な電気の知識すらもっていない連中が将校なのか。こんなことでは、日本は戦争に勝てるはずがない」と父は確信しました。ラジオを直したら「よし、よくやった。佐藤、これをもっていけ」とほめられて、父は小豆と砂糖をもらいました。それを使って、みんなでお汁粉を作って食べたそうです。

父は航空隊の通信兵でしたから、無線機を使っていつも電波を傍受《ぼうじゅ》していました。インドの首都デリーから流れてきたイギリスの日本語放送を聴いていたとき、父はポツダム宣言をリアルタイムで耳にしたそうです。だから父は終生《しゅうせい》、国家というものをまったく信用していませんでした。

土屋　そういうディープな話を、佐藤さんは小さいときから教わってきた。

佐藤　母は沖縄戦を経験し、父は日本軍に徴兵《ちょうへい》されました。私の両親は二人とも、戦争の影がすごく強いのです。

「勉強するべき時期に確かな教育を受けなければ、国が言うことをそのまま信じ、戦争は正しいと思って突き進んでしまう。国に絶対騙《だま》されないようにするためには、教育こそ重要だ」。父はそう考えていました。

土屋　重大な判断が迫られる局面に立たされたとき、自分の経験だけに基づいていては、判断を見誤ってしまう……。

佐藤　だからこそ教育が重要ですし、良き師弟関係が大切なのです。父親や母親は子どもに愛情を十分注《そそ》ぎますが、師匠は親とは違った観点で弟子を導いてくれますからね。創価学会の皆さんが池田先生を「人生の師」と仰《あお》いでいるのは、とても重要なことなのです。

半年早回しの受験勉強法

土屋　佐藤さんは進学校の埼玉県立浦和高校を卒業したあと、同志社大学神学部に進学しています。ご両親からは、子どものころ「勉強しなさい」と英才教育を受けましたか。

佐藤　いえ、「勉強しなさい」とか「宿題をやりなさい」と言われたことは一度もありません。親から言われなくても、自分から進んで勉強するタイプだったと思います。

塙　勉強が好きだった？

佐藤　好きだったというわけでもありません。学校の勉強って、早回しでやっていけば良い成績を取れるものでしょ。

　中学一年生の一学期にやることを小学六年生の秋にやっておけば、中学に入ってからの苦労はほとんどありません。いつも半年早回しで勉強しておけば、学校の勉強で大変な思いをすることはないのです。

土屋　優秀な塾講師あたりから教わらなければ、そういう勉強のノウハウには気づけなそうです。

佐藤　私は小学六年生のときに沖縄へ出かけ、肝臓病にかかってしまったんですよ。衛生状態があまり良くないところにいたせいで、食べ物からA型肝炎ウイルスに感染してしまったようです。そのせいで、小学六年生の二学期は丸々学校に行けませんでした。

　三学期になってから小学校へ復帰すると、当然のことながら授業に全然ついていけず、成績がガタガタに悪くなるわけです。「このまま留年するのだろうか」と心配していたら、小学校の先生が「大丈夫だから。とりあえず中学校に行けばなんとかなりますよ」と言ってくれました。

塙　それからどうやって勉強の遅れを取り戻したのですか。

佐藤　そのとき初めて「学校を休んでいたぶん勉強が遅れているから、塾に行かせてほしい」と親に頼みました。補習塾のつもりで出かけると、そこは補習も進学対策も両方教える塾だったのです。

　塾に通うようになってからしばらくすると、すぐに進学コースに回されました。簡単な話、その塾では勉強の早回しをやっていたのです。塾を離れたあとでも、「要するに学校の勉強は、わずか半年早回しすればいいのだな」と気づきました。

土屋　半年早回し方式で勉強を続ければ、誰でも東京大学にでも行けるものでしょうか。

佐藤　東大となると、半年早回ししただけでは入試を突破できません。生徒を東大に行かせるために一番かっちりした教育をしているのは、女子校の桜蔭《おういん》高校です。ここは一学年約二三〇人なのですが、二〇一四年は六九人、一五年は七六人、一六年は五九人と、毎年コンスタントに多くの東大合格者を輩出《はいしゅつ》しています。

塙　スゲー。進学校としては、東京の開成高校や神戸の灘《なだ》高校も有名ですね。

佐藤　灘高校も、桜蔭高校と同じく中高一貫教育です。灘中学は毎年約一八〇人の入学者を募集し、高校からは約四〇人が編入します。一学年二二〇人のうち、一六年だけで九四人が東大に合格しました。

塙　これまたスゲー。東大に落ちたら落第生《らくだいせい》みたいな扱いだ。（笑）

佐藤　客観的に見るとそんな感じでしょうが、生徒たちは競争でカリカリしていません。それに人格的にも円満な生徒たちが多いです。私は以前、灘高生との対話を一冊の本にまとめたことがあります。興味がある方は読んでみてください（『君たちが知っておくべきこと　未来のエリートとの対話』新潮社）。ちなみに先ほどの桜蔭は、灘とは違って高校から新入生が入ってきません。

土屋　桜蔭高校で勉強するための入り口は、中学受験の一回しかないわけですね。

佐藤　それだから、桜蔭の授業は他の学校とはスピードが全然違います。どんどん早回しで勉強を進め、早い段階で高校の教科書が扱う内容に突入し、プリントを使って授業を補充していきます。

高校のすべての教科書が扱う内容を高校二年生の秋までに終わりにしてしまい、残りの期間は受験問題の演習を進めるのです。要するに早回ししているだけであって、特に難しいことをやっているわけではありません。

塙　早回しに慣れてしまえば、どんどん進む勉強についていけないことはない。

佐藤　慣れです。塙さんはM-1グランプリで負けた翌日、新ネタを二本書いて土屋さんに送ったそうですね（詳細は第三章）。それと同じことです。

土屋　前倒しでどんどんやっていけば、受験勉強もネタ作りも苦じゃない……って、ネタを書くのは僕じゃなくて塙さんだけど。（笑）

佐藤　それと同じことです。受験でネックになるのは、時間がかかる数学と英語だけなんですよ。数学は「青チャート」みたいな参考書を、高校一年生くらいまでに全部マスターしちゃえば問題ない。

土屋　そういう早回し方式で勉強すれば、僕たちもこれから子どもを東大に入れさせられるかもしれませんね。

佐藤　ただし、そういった早回し方式で受験勉強をガチガチにやらせることが、子どもにとっていいかどうかはわかりませんけどね。

これはお世辞《せじ》で言うわけじゃないけど、今の子どもたちは、東大に進学するよりも創価大学に進学したほうがいいと私は思います。なぜかというと、東大を卒業したあと社会人になると、往々《おうおう》にして「世の中にはいろいろな人がいる」という当たり前の事実が皮膚感覚としてわからないのです。

成績は決して振るわないけれど、人間的に尊敬できる人はいくらでもいます。というよりも、そういう人たちのおかげで世の中が支えられているのです。

土屋　たしかに創価大学には、僕らみたいに落研で漫才ばかりやっていた学生もいれば、司法試験や公認会計士試験に合格する英才もいます。

佐藤　受験産業でいう偏差値とは、要するに「最低偏差値」です。一番上にいる学生のレベルがどのくらい高いかは、受験産業が測る偏差値ではわかりません。

東京大学の学生の平均的な学力は、たしかに日本で一番高いのでしょう。では東京大学の一番上にいる学生は、創価大学の中でトップの学生とどう違うのか。学力だけでなく、人間力はどうなのか。総合的に見て、東大生のほうが創大生を圧倒しているとは断言できません。私が創価大学で特別講義をやった経験に照らしても、創価大学生のトップは極めて優秀です。

ナイツが受けた家庭教育

佐藤　塙さんが小さいころ、ご両親はどんな子育てをされましたか。

塙　ウチの両親はものすごくバランスが良かったと思います。父親からは一回も叱《しか》られたことがありません。というか、今まで父親と長い時間しゃべったことはほとんどないと思います。

佐藤　寡黙《かもく》なお父さんだったのですね。

塙　いつも優しかったですね。

佐藤　お父さんは何をやっていらっしゃるのですか。

塙　普通のサラリーマンです。生活はとてもきっちりしていて、朝は決まった時間に勤行《ごんぎょう》*10を始め、決まった時間に家に帰ってくる。「胃がもたれるから」と言って、夜七時過ぎまでには絶対夕ご飯を済ませていました。そして決まった時間に寝る。

　逆に母親のほうが、口うるさくて怖いタイプでした。両親とも優しすぎたり、両親とも厳しすぎたりしなかったので、バランスが良かったと思います。

佐藤　私の父親は技術屋だったので、塙さんのお父さんとは違って、夜はほとんど家に帰ってこられませんでした。

土屋　昼夜逆転の勤務体系だったのですか。

佐藤　普通の日も夜の帰りがとても遅く、三日に一回は泊まり勤務でした。

土屋　それは大変な仕事でしたね。お父さんが家にいなくて寂しくありませんでしたか。

佐藤　寂しくはありませんでしたが、週末は一緒に遊んでくれるようせがみました。今考えると申し訳なかったと思いますけど、当時は土曜日も半日勤務だから、日曜日は疲れているはずですよね。

　なのに私が「動物園に連れて行ってくれ」なんて言うわけです。父親にとってみれば

「月月火水木金金」。忙しくてたまらなかったでしょうね。

塙　純然《じゅんぜん》たる休暇が全然なくて、疲れていたかもしれませんね。

佐藤　キツかったと思います。土屋さんが小さいころ、家庭はどんな雰囲気でしたか。

土屋　ウチも塙さんと同じように、母親が厳しくて、父親は寡黙で仕事ばかりしていました。父親が家にいる時間は、けっこう少なかったと思います。僕には妹が二人いるのと、祖母と一緒に住んでいたので、家庭は女社会でした。

妹や祖母と接するなかで、「女性に対してこういうことは言っちゃいけないな」とか、女性のピリピリした部分を過剰《かじょう》に教わった気がします。というよりも、小さいころから女性に対する恐怖心が根づいちゃったのかもしれません。（笑）

アマチュア無線とプラモデルにハマった少年時代

塙　ものすごい読書量と執筆量の佐藤さんですけど、青春時代の読書歴はどういう感じでしたか。

佐藤　高校時代は文芸部に入っていまして、当時はよく小説を読んでいました。同志社大学に入ってからは、小説は読まなくなっちゃいましたけどね。

塙　やっぱり。文章が得意な人は、十代のころからみんな本を読んでいますよね。

佐藤　いや、小さいころの私は全然本は読んでいませんでしたよ。本を読むようになったきっかけは、学習塾で出会った国語の先生です。

土屋　それまでは全然本は読んでいなかった？

佐藤　ええ。でも十代の子どもって、ふとしたきっかけで火がついたように猛烈《もうれつ》に読み始めるものです。わが家の場合、父も全然本を読みませんでした。父が読むとしたら、仕事で使う技術書くらいだったでしょうか。小さいころの私はアマチュア無線に凝《こ》っていて読書には興味がありませんでしたし、無線を始める前はプラモデルばかり作っていました。

塙　へ〜、意外と普通の男の子ですね。

佐藤　それでも、プラモデルは72分の１スケールのプロペラ機しか作らないとか、やっぱり少し変わっていましたよ。１４４分の１とか48分の１には見向きもしませんでした。

塙　72分の１スケールが一番見栄《みば》えが良かった。

佐藤　というか、全部同じスケールで揃《そろ》えなければおもしろくなかったのです。72分の１だと、当時、戦闘機のプラモデルは一〇〇円で買えました。ちなみに大人になった今は、「ヘルパ」というドイツの有名な模型屋が出している旅客機の模型を、５００分の

1サイズで揃えています。

「ヘルパ」の金属性模型がけっこう高いんですよね。

塙　一個いくらくらいするんですか。

佐藤　モノによりますが、安いものは一五〇〇円、高いものだと四万～五万円まであります。

土屋　うわっ、それは高すぎて普通の人は買えないなぁ。

佐藤　安く買おうと思ったら、ネットオークションの「eBay《イーベイ》」あたりで手に入れるのがいい。

土屋　しかし意外な趣味です。メチャクチャな仕事量のなか、どうやって模型作りの時間を捻出しているのか。本当に驚きです。(笑)

読み聞かせと作り話の効用

土屋　「子どものころから読み聞かせをしてあげると、本が好きになるよ」と人から言われたので、僕は子どもに毎晩ずっと絵本を読み聞かせてきました。佐藤さんは読み聞かせの効用はあると思いますか。

佐藤　いいと思います。ただし私なんかは作家だから、小さい子に読み聞かせをすると
したら、途中から話を作っちゃいそうですけどね。

オバケが出てくる『ねないこ　だれだ』（福音書館）という絵本だったら「××ちゃん
は九時を過ぎても寝ません。そうすると出てくるものは何かな〜。オバケなのでした。
しかし、オバケよりもっと強いのはな〜に？」みたいに、お話をアレンジしちゃうと思
います。

塙さんや土屋さんのようなおしゃべりの達人は、絵本をそのまま読み聞かせるのでは
なく、何パターンも話を作り変えてしまえばいいのではないでしょうか。

塙　やっぱりそうですよね。絵本を初めて読み聞かせしたとき、奥さんに「なんだこ
れ。三〇秒で終わりじゃん。こんなのオレでも作れるわ」と言ったら、「そういうこと
じゃないから！」と言い争いになっちゃった。（笑）

佐藤　絵本の読み聞かせは、書いてあるとおりに読まなくても全然かまわないと思いま
す。「××ちゃんだったら、こういうときはどうする？」なんて質問しながら読んだほ
うが、子どもはおもしろいと思うんですよ。

読み聞かせのついでに一緒に数字を覚えさせたり、「この字はなんて読むの？」と質
問したり、「『あ』から順番に言ってみて」と言って「あいうえお……」「そうそう！」

と掛け合いをしたほうが楽しいです。

土屋　ウチのカミさんは読み聞かせをするとき、オリジナルで歌のＢＧＭをつけるんですよ。でも僕は一切アドリブができません。全然発想が浮かばなくて、絵本をそのまま読むしかないんです。

佐藤　塙さんが間違えまくってるボケに、毎回ツッコミ返せるのに。（笑）

土屋　漫才では自分からボケないので、読み聞かせをしているときに相方のボケを待ってるのかもしれませんね。（笑）

佐藤　絵本はアドリブを入れこむ余地がたくさんあるので、読んであげている大人も、絵本に夢中になっている子どもも、イメージを拡大できて良いツールです。

アドリブを加えているうちに話に整合性がつかなくなってきたら、どうやってオチをつければいいのか。困ったときには本を閉じて「おしまい！」と言っちゃえばいい。（笑）

塙　子どもって何歳くらいまで絵本を読むものなんでしょうかね。

佐藤　少年小説や少女小説に切り替わるか、マンガに切り替わるか、ゲームを始めてしまうか。

土屋　ウチの子は四歳の段階でまだ絵本を読んでいまして、六歳の子は昆虫記や図鑑に切り替わりました。親にとっては、絵本を読み聞かせできるのはたった数年の貴重な時期ですね。

父が買ってくれた『世界大百科事典』

佐藤　今でもとても感謝しているんだけど、小学二年生のとき、父が私に百科事典を買ってくれたんですよ。小さいころの私が、わからないことを何でも質問するでしょ。自力で説明できないことがあって困った父は、学研が出していた『学習こども百科』(全一〇巻+別巻)を買ってきてくれました。この百科事典はボロボロになるまで読んだものです。

塙　百科事典って普通「引く」ものだと思いますけど、読み物として読んじゃっているところがすごい。(笑)

佐藤　そのあと中学一年生のときだったかな、父は平凡社の『世界大百科事典』(全三三巻+別巻二冊)を買ってくれました。これがまたおもしろくて、毎日夢中になってはじからはじまで読んだものです。[*11]

土屋　へ〜、百科事典って調べものをするときの道具として使うだけではなくて、読み物としてもおもしろいんですね。

佐藤　今も私は百科事典をはじから読んでいます。絵もついていますし、「こういうふうになっているのか」とひと目でわかりますから。ロシア語で書かれた『ソビエト大百科事典』はものすごい分量があるため、さすがに全部読むのは大変です。『ソビエト大百科事典』は五巻分くらいの『小百科事典』があるため、それは全部読みました。ほかにも北朝鮮が作っている百科事典に目を通しました。

塙　何カ国語読めるんだ。（笑）

佐藤　「encyclopedia」（百科事典）の語源は「円をなす教育」という意味でして、ある時代において「これが常識です」「これが円環をなしています」と言える内容を示しているのです。数学や物理の項目は難しいですから、そういうところはざっと斜め読みして飛ばしちゃってもかまいません。

全体として百科事典を通覧しておけば、時代のイメージをだいたいつかめます。百科事典に出ていないことを質問されたときには、答えられなくてもかまいません。そこから先は専門分野の話だからです。

土屋　先ほど話題にのぼった『世界大百科事典』は全部で三五巻もある重厚長大《じゅうこうちょうだい》な本ですから、各家庭で揃えるのは容易ではありません。

佐藤　『世界大百科事典』が入っている電子辞書が一つだけあります（セイコーインスツルの「DF-X10001」）。これは希少価値が高まってしまい、中古市場で一〇万円近くの値段がついているのではないでしょうか。私は今もこの電子辞書を愛用しています。紙版の『世界大百科事典』を買うよりも経済的ですし、ちょっと高いですが、この電子辞書を買うのもいいかもしれません。

塙　それにしても、百科事典みたいなたいへんな本を、先人たちはよく作ってくれたものです。これを作った人は本当に偉い。

佐藤　戦前に日本で出た初めての本格的な百科事典は、平凡社から出た全二八巻版です。これは苦労して買い集め、全部読破しました。

興味深いことに、「日独戦争」の項目は厚く書いてあったりします。「日独戦争」とは第一次世界大戦のことです。一九三〇年代の日本では「ドイツ＝敵国」というイメージだったことが、この百科事典を読むとよくわかります。

さらにおもしろいことに、物資が不足していた一九四七年から四九年にかけて、平凡社はすごく悪い紙を使って大百科事典を出しました。要するに、戦前と戦後で「天皇」「国体」「民主主義」といった価値観がガラリと変わったせいです。新しい百科事典をイチから全部作る余裕はないため、戦後に価値観が変わった言葉だけを書き換えた百科事典を新たに作った。今申し上げた三種類の百科事典を読み比べると、戦前と戦後の日本の価値観がどう変わったかがよ〜くわかります。百科事典はこういう素晴らしい使い方もできるんですよ。

＊1　**六師外道**　仏教以外の思想（外道）を唱える六人の古代インドの思想家を指す。

＊2　**池田大作**　一九二八〜　創価学会名誉会長。SGI（創価学会インタナショナル）会長。四七年、十九歳で創価学会に入会。六〇年、創価学会第三代会長に就任。約二〇年間の在任中に、創価学会の飛躍的・国際的な発展をもたらす。創価学園、創価大学、アメリカ創価大学のほか、民主音楽協会、東京富士美術館、東洋哲学研究所、牧口記念教育基金会、戸田記念国際平和研究所など教育・音楽・美術・学術の諸団体を創立。「国連平和賞」をはじめ受賞多数。モスクワ大学、ボローニャ大学などから名誉博士号等の称号も贈られている。主な著書に、小説『人間革命』（全一二巻）、『二十一世紀への対話』（A・トインビーとの対談）など。また、『さくらの木』などの童話や、『青春対話』など青少年向けの著作も数多い。

＊3　**十界**　生命の状態、境涯を一〇種に分類したもので、仏法の生命観の基本となる。下の境涯からあげれば、地獄界・餓鬼界・畜生界・修羅界・人界・天界・声聞界・縁覚界・菩薩界・仏界の一〇となる。

＊4　**六道輪廻**　迷いの凡夫が六道（地獄・餓鬼・畜生・修羅・人・天）に生死を繰り返すこと。凡夫が六道の苦しみにあえぐ状態をいう。

＊5　**戸田城聖**　一九〇〇〜五八　創価学会第二代会長。一九三〇年に牧口常三郎初代会長と創価教育学会（のちの創価学会）を創立。国家神道に反対し、牧口初代会長とともに投獄された。戦後、創価学会を再建し、五一年に会長に就任。その後の同会の大発展の礎を築いた。

＊6　**牧口常三郎**　一八七一〜一九四四　創価学会初代会長。小学校校長などを歴任するとともに、地理学・教育学の先駆的研究でも知られる。一九三〇年に創価教育学会（のちの創価学会）を創立。国

家神道に反対し、四三年に治安維持法違反および不敬罪の容疑で逮捕・投獄され、翌四四年に獄中にて逝去。

*7 **諸天善神**　法華経の行者とその国土を守護する一切の神々のことで、民衆・国土を守り、福をもたらす働きをもつ。梵天・帝釈・八幡大菩薩・天照太神をはじめとする一切の諸天・諸菩薩の総称。

*8 **日蓮**　一二二二～八二　日本の鎌倉時代の仏教者。釈尊の精神は一切衆生の成仏を説く『法華経』にあると主張。その真髄として、宇宙と生命を貫く「妙法」(南無妙法蓮華経)を弘通した。一二六〇年、民衆の幸福と安穏を願う対話形式の書『立正安国論』を為政者に提出し、国主への諫暁を続けた。二度の流罪など数々の弾圧を受けたが、生涯、屈しなかった。世界平和の実現を目指しゆく広宣流布の行動を繰り広げ、後事を直弟子の日興に託した。法門を説いた論文のほか、門下などへの多くの手紙は、『日蓮大聖人御書全集』(創価学会版)に収録されている。

*9 **増上慢**　慢心を起こして「自分は他人よりも優れている」と思いあがる人。

*10 **勤行**　法華経の二八の品(=章)のうち、「方便品」と「寿量品の自我偈」を朝晩に読誦し、「南無妙法蓮華経」と題目を唱えること。

*11 当時の回想録は以下を参照 http://www.heibonnotomo.jp/goods+index.id+2.htm

第2章

逆境に負けない生き方

塙 宣之

やる気が出てくる
根本的な元気は、
祈りにあるように思います。
朝、晩と勤行をして
やる気を出して、ネタを作る。
その繰り返しです。

バイク事故で片足切断の危機に

佐藤　人生にはときどき、「なぜ自分の身にこんなことが起きるのか」と思うほかない予測不能な理不尽《りふじん》な出来事が起こります。

私の場合は東京地検特捜部に逮捕され、二〇〇二年五月から〇三年十月まで「小菅《こすげ》ヒルズ」（東京拘置所）の独房に五一二泊しました。もっとも、あのときの経験があったおかげで、私は今日こうして作家として活動しているわけですが。

土屋　佐藤さんの当時の経験については、著書『国家の罠　外務省のラスプーチンと呼ばれて』（新潮社）で読ませていただきました。

佐藤　塙さんはナイツの結成前に、交通事故で思わぬ大ケガをしたと聞きました。

塙　そうなんです。僕は二〇〇〇年三月に創価大学を卒業したのですが、卒業の半年ほど前に「一緒にコンビを組まないか」と土屋を誘いました。

ところが大学を卒業した直後の二〇〇〇年六月、バイクで走っていたときに交差点で交通事故を起こしてしまったのです。

佐藤　どのくらいのケガだったんですか。

塙　即死《そくし》でもおかしくない大ケガでした。体がふっ飛ばされて頭から血を流し、足の骨が折れて外に飛び出している状態です。骨が外に出て空気に触れたせいで、ばい菌が入って炎症を起こしてしまったんですよ。

そのせいで毎日38度の熱が下がりませんでした。医師からはこう宣告されました。「この熱が三週間続くようであれば、壊死《えし》を防ぐために足を切断しなければいけない」。頭の中が真っ暗になりました。

佐藤 コンビ結成直前に相方が大事故を起こしてしまい、土屋さんも驚いたでしょう。

土屋 えぇ。ただ、さっそく創価大学の落研の先輩から連絡をもらい、「みんなで唱題会を開こう」と言われました。

佐藤 そこが創価学会の強さですよね。もしかすると、塙さんは足を切断して片足で生きていかなければいけないかもしれない。あるいは大事故という宿命を転換し、足を切断しなくても済むかもしれない。これから起きる可能性が大きく二股《ふたまた》に分かれるなか、創価学会員は御本尊[*1]に向かって「南無妙法蓮華経」のお題目を唱えるわけですね。

土屋 ナイツの結成は決まっていましたから、僕にとっては「就職が決まった瞬間に会社が倒産してしまった」というような状態でした。もちろん不安でしたけど、とにかくがむしゃらにお題目を唱えました。

塙 あのときは土屋が毎日お見舞いに来てくれました。みんなが動き、みんなで集まって人のために祈る。

こんな組織はほかにありません。もし足を切断していたとしても、信心の力によってそこから強く立ち上がっていけばいい。

高熱が三週間続き、「明日熱が下がらなければ覚悟してください」と言われていたのですが、なんと翌日に体温が36・7度まで下がったのです。

佐藤　何が起ころうと祈りを根本にしていく。池田SGI会長の指導を源泉とし、みんなで一生懸命お題目を唱えた結果、その祈りが客観的な状況までも変えていった。創価学会の祈りの力には感銘《かんめい》を受けます。

土屋　僕らは創価学会の活動を通して、自分の未来、自分の将来のためだけでなく、人のために祈ります。

自分のことだけで精一杯なのではなく、人のために祈り、人のために行動する。これが創価学会の信心のすごいところです。

信仰でつかんだ確信は伝播する

佐藤　池田SGI会長が書かれた小説『人間革命』では、創価学会の戸田城聖第二代会長に触れた人がどんどん変わっていく様子が描かれます。
戸田会長と一緒に活動しながら、山本伸一青年（池田ＳＧＩ会長）が変わっていく。『人間革命』に登場する戸田会長や山本伸一の物語を読みながら、創価学会員が影響を受け、自分たちの宿命を転換していく。『人間革命』の世界観と創価学会員の関係は、こういう重層的な構造になっています。

塙　僕は高校時代、創価学会の活動と呼べるほどの活動は全然していませんでした。創価大学に入ってから『人間革命』を読んでみると、若いころの山本伸一は靴下《くつした》に穴が開いているわけです。オカネがないものですから、新しい靴下を買うこともできず、冬でも開襟《かいきん》シャツ一枚で活動しているのです。大学時代に僕の家にしょっちゅう来てくれた先輩も、靴下に穴が開いているのにメチャクチャ爽《さわ》やかなんです。

佐藤　塙さんはその先輩にずっと励まされたわけですね。

塙　僕は色黒なので「樫《かし》の木」というアダ名をつけられ、「お前は樫の木みたいにがんばれ」と言われました。正直、意味はよくわからなかったですが……（笑）。ただ、自らを顧《かえり》みず僕を励ましてくれるその人を見ながら「若いころの山本伸一もこうだったんだろうな」と思ったんですよ。
先輩の姿を通して「オレもがんばってみよう」と思うようになり、先輩の姿を通して池田先生のすごさがわかっていきました。もし、「お前を見ていたら創価学会なんて全然すごいとは思わない」と人から言われてしまえば、僕の生き方は師弟不二とは言えません。

佐藤 今、「師弟不二」とおっしゃったけれど、こういう言葉をさらっと言えるところに創価学会員の強さがあると思う。創価学会で活躍している人は皆さん人間的に魅力《みりょく》がありますし、根底には必ず師弟関係をもっています。

信心を根本にし、お笑いの世界で活躍しているお二人の姿は、多くの人に感化を与えていますよ。信仰を通じてつかんだ確信が、ほかの人にまで伝播《でんぱ》していくのです。

「浅草芸人」としての生き方

塙 芸人としての〝新兵〟時代、思わぬ経験をしました。交通事故に遭《あ》ってから一年近くリハビリし、ようやく普通に歩けるようになった〇一年の夏、ナイツとして初舞台を踏んだんです。ところが、僕らの漫才は全然ウケません。

土屋 アンケートを見ると「全然おもしろくなかった」とか、厳しい意見がストレートに書かれていましたよね。

塙 「気持ち悪い」ならまだしも、ある時は「クサイ」とか……(笑)。もうボロクソです。ただでさえドン底なのに、さらに追い打ちをかける出来事が起きました。所属事務所の当時の社長から「浅草にある漫才協会に入れ」と言われたんです。

土屋　あの当時、浅草の漫才協会はとても暗いイメージで、僕らには全然関係ない場所だと思っていました。

塙　絶対行きたくなかったので社長に断ったのですが、「お前らは絶対あそこに入ったほうがいい」と言って、ちっとも折れてくれません。

そこで仕方なく、当時漫才協会の会長をやっていた内海《うつみ》桂子《けいこ》師匠のもとに弟子入りしました。○二年十月のことです。

佐藤　なんで内海桂子さんの門を叩《たた》いたんですか。

塙　僕らが所属する事務所の大先輩だったからです。社長から「内海師匠の弟子になれ」と言われ、自分たちの意志とはまったく関係なく「今日から弟子になります」と頭を下げました。

土屋　桂子師匠にしてみたら、いい迷惑だったでしょうね。急に名前も知らないナイツなんて二人組がやってきて「今日から弟子になります」なんて言われて。

塙　その日から着物のたたみ方を勉強し、師匠や先輩芸人にお茶を出し、演芸場の外でハッピを着てお客さんの呼び込みをする生活が始まりました。

テレビでは二〇〇一年からM-1グランプリが始まり、同世代の若手芸人が大爆笑を取っているわけです。

土屋 M-1の決勝戦まで行った彼らはテレビのレギュラーがバンバン決まって人気者になっているのに、僕らは着物をたたんでお茶出しをして、師匠から説教ばかり受けていました。

佐藤 それはイヤになっちゃいますよね。

塙 「なんでこんなところでお茶出ししてるんだよ」と歯がゆい思いをしていました。でも池田先生は、「環境のせいにしてはいけない」「自分の力によって環境は必ず変えられる」と常々指導されているわけです。

「漫才協会はイヤだ、イヤだ」と文句ばかり言っていても、何も状況は変わりません。真剣にお題目を唱えるうちに、初めて出たライブで「ナイツはクサイ」「気持ち悪い」と酷評《こくひょう》されたことを思い出しました。ひょっとしたらイメージしていたものとは違う路線の漫才が、自分たちには合っているのではないか、と気づいたんです。

佐藤 内心「イヤだな」「イヤだな」と思っていた浅草芸人の路線こそが、自分たちに合っているのではないかと気づいた。

塙 当時は一カ月に一本しかネタを作っていませんでした。こんな芸人が日本一になれるわけがありません。

「絶対日本一になる」と祈り、そこから毎日一本ずつネタを書いていきました。二年間で七〇〇本くらい漫才を作ったでしょうか。

佐藤　毎日一本ずつネタを書くことを自身に課したんですね。塙さんのように、〝努力しないといけない〟と気づくこと自体が才能ですし、さらに、〝努力できること〟はとっても重要な才能です。

僕は、創価学会員の努力ができる才能の秘訣《ひけつ》は、日々の勤行にあると思う。創価学会員のお子さんは小さいころから勤行をしていますよね。

小さいころは、「勤行しようね」とすすめる親に対して「勤行したら喜んでくれるかな」とか、「早く遊びに行きたい、辛いな」という気持ちのなかで、勤行をしていると思うんですね。しかもお二人が子どものころは、今より勤行は長かった。

土屋　よくご存じですね。勤行していたようにしか思えない。（笑）

塙　仏法では、人間の生命の状態を一〇種類に分けて考えます。その中で、仏道修行で得られる境涯を声聞界《しようもんかい》＊2、縁覚界《えんがくかい》＊3、菩薩界《ぼさつかい》＊4、仏界《ぶつかい》＊5の四聖《ししよう》と位置づけています。

「南無妙法蓮華経」と祈っていくと、そうした境涯になっていくわけですが、簡単に言うと〝やる気スイッチ〟が入るんですね。「がんばろう」「努力しよう」という気持ちになってくる。

土屋　やる気スイッチが入らなければ、何も始まらない。

塙　やる気が出てくる根本的な元気は、祈りにあるように思います。朝、晩と勤行をしてやる気を出して、ネタを作る。その繰り返しです。

佐藤　キリスト教でも、「祈ること」「働くこと」という中世からの伝統的なスローガンがあります。祈りがある人は、きちんと働くし、働くというのは祈りの中で働くという考えです。

土屋　キリスト教と仏法で共通することがたくさんあるんですね。

ナイツは、M-1グランプリでは二～三回戦での敗退が続いていたのですが、〇八年から三年連続で決勝戦まで勝ち進めました。僕らの漫才が変わった理由は、浅草の寄席《よせ》で徹底的に場数《ばかず》を踏んだからです。

以前は月に五～六回しか舞台に立っていなかったのですが、寄席に出るようになってから年間五〇〇回くらいお客さんの前に立つようになりました。漫才協会に所属したからこその結果です。

佐藤　ナイツのお二人は逆境に直面したとき、ひねくれたり斜《なな》めに構《かま》えたり、今やるべき課題をぶん投げてしまわない。その根底には池田SGI会長の指導と御本尊への祈りがあるわけです。
創価学会員が信じる日蓮仏法は、およそ他力本願ではありません。何が起ころうとも、学会員は「今ここに私がいる」ことから絶対に逃げない。現実を受け止めて出発し、信仰を通じて未来を変えていこうと努力します。

土屋 僕らの信心では「宿命を使命に変える」と受け止め、どんなに大変な局面に立とうとも「自分にしかない使命があるのだ」と奮起《ふんき》します。

佐藤 教科書にはキリスト教やイスラム教、仏教が「世界宗教」と書かれています。キリスト教は北米や中南米、西ヨーロッパにかけて大きく広がりました。イスラム教はアフリカや中東を中心に広がり、東南アジアではインドネシア、フィリピンのミンダナオ島あたりまで伸びています。
それに対して仏教は長い間、東アジア、東南アジア限定の「世界宗教」でした。こういう言い方をすると「アメリカのサンフランシスコに浄土真宗のお坊さんはいる。フランスのパリでは禅の研究が盛んだよ」と言う人もいるでしょう。浄土真宗の僧侶がアメリカに進出したのは主に日本人移住者のためですし、ZENが一時期欧米でブームになったのは、今で言う「クールジャパン」の延長です。

土屋 つまり、これまでは仏教が本質的に「世界宗教」化したわけではなかった……。

佐藤　そうなんです。ＳＧＩ（創価学会インタナショナル）は今や世界一九二カ国・地域に広がりました。国籍や民族、文化の違いを超克《ちょうこく》して仏教の世界宗教化を実現したのは、数ある仏教団体の中でＳＧＩが初めてです。

ＳＧＩが世界の隅々《すみずみ》まで広がると同時に、創価学会員の皆さんは日本国内においても地道な広宣流布を進めています。ナイツのお二人は、自分がどんな宗教を信じているのか隠すこともなく、堂々と芸能活動を展開されている。お二人の漫才を見る人はみんな楽しく笑い、その笑いは誰かを蔑《さげす》んだり貶《おとし》めたりするものではありません。笑いを通じて共感を得ながら、お二人の姿そのものによって、結果として、創価学会への理解へとつながっていると思うのです。

塙　そうなんですか！　やっている本人はまったく意識していませんけど。（笑）

佐藤　重要な仕事をやっている人ほど、本人はそのことを意識していないことが多いのです。

ときには「一歩後退」する二段階の戦い

佐藤　池田ＳＧＩ会長の小説『人間革命』を読むと、「大阪事件」[*6]について詳《くわ》しく書かれています。

池田SGI会長は師匠の戸田会長を守るため、選挙違反の罪など犯していないのに、罪を認めたと受け取られてしまう可能性がある調書にいったんサインをしました。

土屋　僕らも「大阪事件」の歴史については『人間革命』で学びました。日本の刑事裁判の有罪率が99％を超えるなかで、池田先生は裁判を通じて「大阪事件」の冤罪《えんざい》を証明します。

佐藤　池田SGI会長の精神力と強さをもってすれば、「大阪事件」についてまったく語らない完全黙秘もしくは否認調書を作ることはできたはずです。しかし、池田SGI会長はもう一回《ひとまわ》り情勢を大きく見ていました。

検察の狙いは何だったか。池田SGI会長が選挙違反指示の容疑を否認したとき、戸田会長を捕まえることが検察の狙いです。

当時の戸田会長は健康状態が思わしくなかったため、もしあの状況下で逮捕・勾留《こうりゅう》が長期化すれば、戸田会長は獄中死してしまったかもしれません。牧口初代会長が戦時中に獄中死し、そのうえ戸田会長まで獄中死するようなことになれば、創価学会を解体できる。検察はそう考えたのでしょう。

あるとき池田SGI会長は裁判長から、「お忙しいでしょうから、もう公判には来なくていいです」と言われます。そのとき池田SGI会長は、「いや、大切な大切な関西の同志がいるので、そのために私は来ているのです」と裁判を脇に置くことで、価値を転換してしまった。そして裁判に勝った。

塙　裁判のためだけに大阪に来ているわけではない。裁判があれば関西の同志に会える。同志を激励できる。こういう切り返しだったわけですよね。

佐藤　そうです。物事が行き詰まりを見せたとき、とにかく進軍することにこだわらず一回退いてみる。一度は後退したように見えても、最終的に勝利すればいい。創価学会員として成功している人を見ていると、このような柔軟性が共通してあります。

日蓮正宗から圧力をかけられる「第一次宗門事件」（一九七九年）が起きた当初、池田SGI会長は「僧俗和合」を重視し、いったん日蓮正宗に詫びを入れて妥協しようとしました。

その後、九一年十一月、創価学会は日蓮正宗から破門されます。宗門から破門され、さまざまな制約から自由になったおかげで、創価学会は一気に世界宗教化を進めることができました。ときには一歩後退し、ときには一歩前進するという柔軟な二段階の戦いによって、創価学会は最終的に勝利したのです。創価学会にはこういう強さがあります。

塙さんは福岡で芸人の世界に入れたかもしれないのに、一歩後退して創価大学に進学しました。

塙　まわり道をしたように思えたときもありましたが、今から思い返してみれば、ナイツとして活躍するために全部必要なことだったと思えます。

佐藤　土屋さんは公認会計士試験にあと一回、もう一回と挑戦することもできたのに、一歩後退して別の道を歩んでみようと考え直してみた。一方向へ猪突猛進《ちよとつもうしん》するのではなく、二段階の生き方をしながら最終的に前へ進む。その根底には、創価学会での真剣な信心があるわけです。

新潮社から作家デビューした理由

佐藤　この章の冒頭で、東京地検特捜部に逮捕されたことに触れましたが、そのときは本当に大変でした。詳しい経緯などは後程、お話ししますが、獄中闘争を通じて、私が何を考えていたか。絶対にウソはつかない。聞かれたこと以外について余計な釈明はしない。そのうえで、一回だけのチャンスにかける。

小菅ヒルズ（東京拘置所）にいるときにシャバに出たら、私は「本を書く」という手段によって勝負しようと決めていました。

土屋　二〇〇五年、佐藤さんは『国家の罠　外務省のラスプーチンと呼ばれて』（新潮社）という作品で作家デビューされました。

この本は毎日出版文化賞（特別賞）を受賞し、ベストセラーとして大きな話題になっています。

佐藤　『国家の罠』を出す出版社は、かなり早い段階から新潮社と決めていました。どうしてかというと、私や鈴木宗男さんを猛烈《もうれつ》に攻撃し、バッシングの中心になっていたのが『週刊新潮』だったからです。新潮社は、『鈴木宗男研究』という単行本も出版しました。

塙　あえて敵方《てきがた》の懐《ふところ》に入って勝負された。

佐藤　その新潮社から私が本を出せば、時系列上あとから出した『国家の罠』のほうが真実になるわけです。

ところで新潮社が発行する一部の雑誌は、かつてさかんに創価学会に対する攻撃的な記事を掲載していましたね。その新潮社の月刊誌で、私はあえて池田ＳＧＩ会長とロシア・ゴルバチョフ大統領との会談の秘話[*7]を発表しました。さらに詳細な原稿[*8]は、翌年の総合月刊誌『潮』に書いています。

土屋　なぜ当時、アンチ創価学会の傾向が強かった新潮社の月刊誌『新潮45』で、その原稿を先に書かれたのですか。

佐藤　池田・ゴルバチョフ会談の秘話について『潮』で先に書けば、「佐藤は創価学会のプロパガンダ（宣伝）をやっている」と受け止められてしまいます。新潮社の月刊誌でこの話を書けば、「創価学会のプロパガンダだ」と受け止める人は誰もいません。同じ内容の原稿を発表するにしても、掲載する媒体によってクレディビリティー（信頼性）が変化するわけです。

私は元外交官として、池田・ゴルバチョフ会談の事実を歴史的証言としてきちんと残したいと考えました。そのためには、まず『潮』ではないメディアでしっかり文字として記録しておく必要があったのです。

また、私が職業作家として世に出ていこうとするときに、『潮』は何度も原稿執筆の機会を与えてくれました。飛行機は離陸してから安定飛行に入るまでに、ガソリンをたくさん燃やしてエネルギーを消費します。そういう大変な時期に私を応援してくれた潮出版社に、私は多大なる恩義を感じています。

塙　『潮』編集部が調べたところによると、佐藤さんが初めて『潮』に原稿を書かれたのは〇七年十一月号でした。以来、〇八年以降も原稿執筆や対談企画への登場が相次いでいます。

佐藤　私が作家デビューしたのは〇五年です。最初の五年間は、作家としての安定飛行とは全然言えません。〇七～〇八年というと、必死で原稿を書きながら上昇気流に乗りかけている時期です。
　それにこの時期は、まだ私の刑事裁判[*9]は続行中でした。そういう時期に私に原稿を頼むのは、『潮』編集部にとっても大きなリスクがあったわけです。

平和安全法制への反対はピントがズレている

土屋　二〇一五年九月十九日、参議院で平和安全法制が成立しました。平和安全法制について野党や一部憲法学者は猛烈に異議を唱えているわけですが、佐藤さんは「公明新聞」や『潮』『第三文明』で公明党の働きを評価する論陣を張られただけでなく、朝日新聞出版から『創価学会と平和主義』を出版されました。
　この本は、学会員の間で大変に話題になりました。僕らもこの本を読んで勉強させていただきました。
佐藤　仕事場の近くを歩いていたときに、見知らぬご婦人から「ちょっと、あんたあんた」と呼び止められたことがあるんですよ。「あんた、佐藤優さんでしょう。いい本を書いたらしいね。あんた幸せになるよ」と言うのです。

これこそ創価学会婦人部の強さだと思うのです。面識がない私にいきなり声をかけて、信仰の確信をズバリ直球で語ってしまう。毎日、勤行をしてお題目を唱え、世界平和を祈る創価学会員の根底には、平和主義が脈打《みゃくう》っています。

こういう人たちが平和を担保するわけですし、だからこそ創価学会が応援する公明党は平和主義から逸脱《いつだつ》することはないと思うのです。

塙　子どものころ、ウチの親が同級生や近所の家を訪ねて公明党の応援をするのが嫌でした。「お前の親がまたウチに来たよ」と言われますからね。

でも実は、そういう地道な活動がすごい平和運動なのだということが、今になってわかってきました。

佐藤　一五年十一月、私は松岡幹夫さん（東日本国際大学・東洋思想研究所所長）との対談集『創価学会を語る』（第三文明社）を出版しました。

この本では、公明党のおかげで大きく軌道修正された平和安全法制についても語っています。創価学会・公明党が本質的にもつ「存在論的平和主義」についても論じました。

平和安全法制反対論者がこの本に噛《か》みつき、松岡さんが勤務する東日本国際大学に手紙を送ってきたようです。記者会見やデモ行進で騒いでいた人もいますが、公明党や創価学会に対する彼らの言説は、根本的にピントがズレていると思います。

土屋 詳しくは、『創価学会と平和主義』『創価学会を語る』を読んでいただくとして、反対派のどのあたりのピントがズレているとお考えですか。

佐藤 平和安全法制に反対するのも、デモ行進に参加するのも個人の自由です。公明党支持者であろうが創価学会員であろうが、個々の政策への評価は人それぞれでしょうから、議論は自由にやればいい。ただし、それはあくまでも自分の判断でやるべきことです。

ところが一部の平和安全法制反対派は、しきりに「公明党は池田先生の考えに反している」「池田先生だったら絶対こういう判断はしない。今の創価学会執行部も公明党も判断を間違えている」などと、主語を池田SGI会長にするでしょう。こんな言い方は、キリスト教徒の私から見れば「宗教的分派活動」そのものです。

塙 個人を主語として「私は平和安全法制に反対する」と言うのは自由ですが、反対派は主語をはき違えているわけですね。

佐藤 そう思います。土屋さんがどの職業を選ぶか。塙さんがどの女性と付き合い、結婚して家庭を築くか。こういう話は自分の生き方として考えるべき事柄であって、個人の責任において判断しなければいけません。

土屋　僕たちを嫌いな人がいたとして、「ナイツが漫才をやっているのは池田先生の指導に反する」なんて言われても困っちゃいますよね。（笑）

佐藤　そうそう。池田ＳＧＩ会長を主語にして平和安全法制に反対している人たちは、それと同じレベルのピントのズレ方なのです。彼らは「われこそは池田先生の思想を一〇〇％体現して行動している」とでも勘違いしているのでしょう。

創価学会は池田ＳＧＩ会長の指導に基づき、最高幹部の話し合いによって一つひとつの事柄を決議・了承していく集団合議制を採《と》っているように思います。創価学会が積み上げてきた集合的叡智《えいち》を、一人の人間の個人的想念によって軽々《けいけい》にひっくり返せるわけがありません。

平和安全法制が憎いあまり、池田ＳＧＩ会長の名をかたって公明党や創価学会を批判する。そうした反対派の発想がいかにピント外れで危険かが、宗教人である私にはよくわかるのです。

宗教戦争を回避するキリスト教徒の智慧《ちえ》

佐藤　「イエス・キリストが言ったことを一〇〇％体現しているのは自分だ」と主張し、

イエス・キリストを主語にして個別の政治問題を判断する。「自分の判断は正しく、ほかの人の判断は間違っている」と切り捨てる。これをやり始めると、大変な宗教戦争になってしまいます。

塙　「あんたの考えはイエス・キリストに反している。イエス・キリストの名のもとに、オレはあんたをつぶす」と言えてしまうわけですからね。

佐藤　ええ。こういう発想はものすごく危険なのです。ドイツでアドルフ・ヒトラーが台頭《たいとう》したとき、「ヒトラーこそ神の啓示を受けた本物のキリスト者だ」と主張する「ドイツ・キリスト者」という宗派が現れました。

このとき、ドイツの良心的なプロテスタントの牧師か神学者が参加する「告白教会」は「これは危険だ。ドイツ・キリスト者とわれわれは一線を画《かく》さなければいけない」と闘いを挑んでいます。プロテスタント教徒は、よほどのことがない限り信仰と闘いを直接結びつけません。

土屋　ナチスとヒトラーの台頭は、「告白教会」にとって緊急事態だったわけですね。

佐藤　創価学会の皆さんが組織を挙げて闘わなければいけない局面は、そうそうめったにあるわけではありません。

阿部日顕（日蓮正宗大石寺第六七世法主）みたいな人が出てきたときには、信仰の根本の問題として、創価学会は当然組織を挙げて闘うわけです。

平和安全法制程度の問題は、創価学会の皆さんにとって信仰の根本とはまったく関係ありません。政治判断の問題です。このような個別事案について、池田SGI会長の名前を使って宗教的分派活動をするのは間違っていると私は思います。

塙　極端《きょくたん》な話、漫才のネタについて語るときに「池田先生の指導と違う」なんて言って、ほかの漫才師を批判しているようなものですよね。そんなことは一人ひとりが自分で考えればいい。

佐藤　そのとおりです。われわれキリスト教徒は、「イエス・キリスト」という名前を軽々には使いません。何度も繰り返しますが、平和安全法制について、反対派は「池田SGI会長」という名前を軽々に使って語るべき個別事案ではないのです。

一つの信仰を保つ人は、いざというとき強い

佐藤　外務省に勤めていた時代から、私はSGIと不思議な御縁があります。ロシア(旧ソ連)の外交の最前線で勤務しているときには、池田SGI会長とゴルバチョフ大統領の会談(一九九〇年七月)がモスクワで実現しました。

池田SGI会長はゴルバチョフ大統領に「日ソ友好のために来日してほしい」と持ちかけ、「春の桜の季節に」と来日を取りつけています。池田・ゴルバチョフ会談があったおかげでゴルバチョフ来日（九一年四月）が実現し、日本政府による北方領土交渉の突破口が開けました。

土屋 池田・ゴルバチョフ会談の秘話については、佐藤さんが『潮』（「激動する世界問われる日本の外交力」二〇一一年二月号、三月号）で詳しく書かれています。

佐藤 モスクワで勤務している外務省職員の中には、創価大学出身で『聖教新聞』を購読している人がいました。するとまわりの人間は「あいつは創価学会を信じている」と悪口を言うわけです。そういう悪口を言う人がいても、私は絶対与《くみ》しませんでした。

外務省に勤務していたころの私は、今のように創価学会と深い関係はありません。でも学会員の悪口を言っている人の声を聞くと、ものすごい不快感を覚えたのです。なぜならば、その悪口は他人事とは思えなかったからです。

塙 佐藤さんは僕たちと信じる宗教は違えど、敬虔《けいけん》なプロテスタント教徒ですからね。

佐藤 「切支丹《キリシタン》は邪宗門だ」と悪口を言われ、弾圧された時代があります。学会員を悪く言う人を見ながら「ああ、かつてキリスト教徒はこのように悪口を言われていたのだな」と思いました。

土屋　外務省に入る前、佐藤さんのまわりに創価学会員はいませんでしたか。

佐藤　私はプロテスタントだから「鳥居《とりい》はくぐってもいいけど、神社で二礼二拍一礼《にれいにはくいちれい》で拝んだり、お賽銭《さいせん》を出すのはいけない」と教えられてきました。幼稚園や小学校のときには、みんなで武蔵国一宮《むさしのくにいちのみや》の氷川《ひかわ》神社に行くわけです。すると、鳥居をくぐらない子、拝みもせず賽銭《さいせん》を投げない子がいるわけですよ。

塙　そういう子は、実は創価学会員だったりするわけですよね。宗教をやっている子同士で、なんとなく連帯感が生まれたりします。

佐藤　夏祭りでお菓子やカレーを食べたりしても、「御神輿《おみこし》には神様が乗っているから担がないように」と親から言われているから、御神輿は絶対担がない子がいるでしょ。そういう子と私は、なんとなく一緒に固まるわけです。向こうは四〜五人で人数が多くて、こっちは一人なんですけどね。

　創価学会員はクラスに一人か二人はかならずいますけど、プロテスタントの信者は人数が少ないのです。

土屋　今では時代が変わり、創価学会では「地域のお祭りには積極的に参加しましょう」と言われるようになりました。神社の鳥居をくぐったり御神輿を担いでも、「拝む」という信仰心を伴わなければ問題にはなりません。

塙　僕が佐賀に住んでいたとき、エホバの証人を信じている友だちがいました。その子は体育の授業のときに騎馬戦があると、「カゼを引いた」と言って休むわけです。

いつも騎馬戦を休むので理由を尋ねたところ「実は僕はエホバの証人を信じている」と言っていました。エホバの証人では、「争いを学ばない」という信念から、騎馬戦や剣道などの授業を休むことがあるようです。

佐藤　宗教を信じている人には、多かれ少なかれ「家庭の中での掟《おきて》」と「世の中の習《なら》わし」というダブル・スタンダードがあるわけですよね。もちろん両者のルールが重なるところのほうが多いわけですが、信仰という観点からどうしても譲《ゆず》れない部分もあるわけです。

私の場合、キリスト教を信じていたおかげで、小さいころから立体的に世の中を見ることができたのかもしれません。作家に限らずお笑いの仕事でも、こうした複眼的思考は良い形で生きるのではないでしょうか。幅広い価値観をもち、ときにはヤキモチを焼いた人から足を引っ張られたり悪口を言われても、人間的な強い耐性をもつ。何があろうが辛抱強く一つの信仰を保てる人は、いざというとき強い力を発揮できるはずです。

＊1 **御本尊**　「本尊」とは、信仰、修行の根本対象をいう。創価学会では、日蓮が顕した南無妙法蓮華経の文字曼荼羅を本尊とする。「曼荼羅」とは、サンスクリット「マンダラ」の音写で、仏が覚った場（道場）、法を説く集いを表現したもの。御本尊は、法華経に説かれる「虚空会の儀式」の姿を用いて顕されており、虚空会の儀式とは、巨大な塔（宝塔）が大地から出現し、全宇宙から諸仏が集まって、虚空（空中）で釈尊の説法が行われる儀式をいう。

＊2 **声聞界**　仏の教えを聞いて仏の部分的な覚りを獲得した境涯のこと。声聞界と縁覚界をまとめて「二乗」と呼ぶ。

＊3 **縁覚界**　さまざまなものごとを縁として、独力で仏の部分的な覚りを得た境涯のこと。独覚ともいう。

＊4 **菩薩界**　仏の覚りを得ようと不断の努力をする衆生という意味。二乗が仏を師匠としても、自分たちは仏の境涯には至れないとしていたのに対し、菩薩は、師匠である仏の境涯に到達しようと目指す。また、仏の教えを人々に伝え広め救済する衆生のこと。

＊5 **仏界**　自身の生命の根源が妙法であると覚知することによって開かれる、広大で福徳豊かな境涯のこと。仏は無上の慈悲と智慧を体現し、その力で一切衆生に自分と等しい仏界の境涯を得させしめようとする。

＊6 **大阪事件**　一九五七年四月、大阪の参議院補欠選挙で一部の学会員が選挙違反を働き逮捕。検察は池田SGI会長（当時は青年室長）が選挙違反の指示を出したとして逮捕した（一九五七年七月三日から七月十七日まで逮捕・勾留）。「罪を認めなければ、次は戸田城聖第二代会長を逮捕する」と検察は脅迫し、池田SGI会長はいったん罪を認める。法廷闘争は四年半（計八四回）にわたり、

一九六二年一月二十五日に無罪判決が出た。

＊7 外務省に告ぐ⒃「池田大作・ゴルバチョフ会談」の謎解き（『新潮45』二〇一〇年二月号）

＊8 「激動する世界　問われる日本の外交力」（『潮』二〇一一年二月号、三月号）

＊9 二〇〇九年六月三十日に最高裁で上告棄却。懲役二年六月、執行猶予四年の二審判決が確定した。

第3章

人生にムダなことはひとつもない

佐藤 優

やって後悔するのと、やらないで後悔するのとどちらを選ぶか。創価学会の人たちって、挑戦しないであとからクヨクヨするのではなく、あえてリスクを冒して挑戦する人が多いですよね。

「M-1グランプリ2015」に出場した理由

佐藤　お二人は「M-1グランプリ2015」[*1]に出場されましたが、M-1はとっくに卒業されたと思っていました。

土屋　前（六〇頁）にも少しふれましたが、M-1は僕らがコンビを組んだ二〇〇一年から始まりました。〇一年は二回戦で負け、〇二年から〇六年まで五年連続で三回戦で負けてしまいました。

〇七年は準決勝まで進み、〇八年から一〇年は三年連続で決勝戦に出場することができました。残念ながらあと一歩のところで優勝はできていません。一一年から一四年までの四年間は大会が開催されませんでした。

塙　M-1には、一五年からはコンビ結成一五年以内という出場条件があります。僕たちにとっては、今回（二〇一五年）が最後のチャンスでした。

佐藤　M-1で優勝しなくても、お二人はもう芸能界で十分に成功していますよね。なぜあえてもう一度挑戦しようと思ったんですか。

塙　一六年はコンビ結成一六年目でしたから、もうM-1に出たくとも出られないわけです。「出ないで後悔するくらいなら出たほうがいい」「オレらにはまだチャンスがあるじゃないか」と前向きにとらえました。

「M-1なんてもう出なくてもいいんじゃないの」と言う人もいましたが、僕らの中にはデビュー当時からM-1への思い入れが強くあったんです。

佐藤 やって後悔するのと、やらないで後悔するのとどちらを選ぶか。創価学会の人たちって、挑戦しないであとからクヨクヨするのではなく、あえてリスクを冒して挑戦する人が多いですよね。

なおかつ、たとえ失敗したり勝負に負けたからといって、あとまでクヨクヨ引っ張らない。創価学会員には前向きに生きていく楽観主義があります。M-1への挑戦が終わったときどうでしたか。

土屋 僕らはいつまでも挑戦者のつもりだったんですが……。

佐藤 もっと若い芸人たちから挑戦されている感じがした？

土屋 そうかもしれません。一〇年に決勝戦まで進んだときとは違う、高いハードルを感じましたね。前回とは違った異様なプレッシャーと難しさがあることは、やってみなければわかりませんでした。

塙 実は、準決勝で負けたとき「やっと解放された」と思ったんです。一五年間、M-1、M-1と挑戦し続けてきたおかげで、ようやくM-1を超えて次のステップへ進もうと思えました。

佐藤 よくわかります。私は外交官として北方領土交渉の仕事に携わってきたわけですけど、〇二年五月に東京地検特捜部に逮捕されたでしょ。

そのときに「これでもう北方領土交渉をやらなくていいんだな」とホッとしました。「これからはもうM-1のことは考えなくていいんだ」と感じた塙さんと似ているかもしれません。

負けた翌日に新ネタを二本

土屋 先ほど「クヨクヨしないのが創価学会員の特徴」と佐藤さんがおっしゃいましたけど、実は僕は翌日かなり落ち込んで、家から一歩も出られなくなってしまったんです。

あまりに落ち込みすぎて、その日、漫才協会の理事会（塙氏は副会長、土屋氏は当時は理事、一七年五月より常任理事）があったのさえも忘れてしまったんです……。（笑）

塙 無断欠席ですからね、ありえないことですよ！（笑）

土屋 そうなんです。本当に落ち込んで、これからどうしようかなと思っていたら、塙さんから新しいネタが二本メールで届きました。それがすごくおもしろかったおかげで、気持ちが吹っ切れたんです。

塙　僕もM-1には思い入れがあるからもちろんショックでしたけど、「たかがM-1じゃないか」と思えたんです。いい意味で、すぐに気持ちを切り替えられました。

土屋　今までは、M-1で優勝するためのネタを一本つくる挑戦をずっとやってきたわけですよね。「これからはみんなが楽しめるおもしろいネタを、一〇〇本も一〇〇〇本も、ずっとやっていく人生なんだな」と思えました。

塙　そのネタを書くのは全部、僕の仕事ですけどね。(笑)

佐藤　お二人はラジオ(一五年十二月十二日放送、TBSラジオ「ナイツのちゃきちゃき大放送」)でもM-1についてお話しされていましたよね。

負けたことについてすぐに語れること自体、もう落ち込んだダメージからは回復しているわけです。回復していなければ語れませんし、M-1については触れずタブー化してしまいますからね。

土屋　浅草に師匠がいたり、毎日寄席《よせ》に出ている若手芸人が珍しかったため、僕らは今までテレビに出るたびにそこをいじってもらえました。M-1が終わってからは「安定感がある」という評価をもらってきたネタに変化球を加えたり、今までやらなかった新しいお笑いに挑戦していこうと思ったものです。

M-1で負けたからとコンビを解散したり、芸人自体をやめちゃう人もたくさんいる世界ですけど、落ち込んでいても何も始まりませんから。

聴衆によって話し分ける難しさ

佐藤 私が母校の同志社大学神学部で講義するときと、創価大学で特別講義するときと、雰囲気はだいたい同じ感じなんですよ。学生の大半が宗教を信じている人、もしくは宗教に関心がある人なので私の話を聞く人たちの同質性が高く、講義の内容を絞り込みやすいのです。

そのほかの大学、一般向けの講演会、ラジオ、テレビでは、聴衆の雰囲気はそれぞれまったく異なります。

土屋 たしかに、浅草の寄席に出ているときとM-1で漫才をやるときは、雰囲気が全然違います。

佐藤 同じテレビでも、BSと地上波放送はまた雰囲気が違いますよね。

塙 仏法用語で「対告衆《たいごうしゅう》」というのですが、相手によって話し方を変えなければ、こちらの思いや真意はきちんと伝わりません。

佐藤　わかります。聴衆によって話し方を変えなければ、講義は一方通行になってしまいます。このあたりはしゃべりの難しいところです。テレビは視聴者の反応がまったくわからないから、私はテレビの仕事は全部断っています。

ラジオに出始めた最初のころは、放送作家がカッチリと予定稿をつくってきてくれました。予定稿を読んでみると、私が考えていることとだいぶ違う。こっちは原稿を書くのは速いから、予定稿をつくり直して返送しました。そんなことを繰り返していたら、「これからは原稿ナシでやりましょう」ということになっちゃった。

土屋　佐藤さんがコメンテーター兼放送作家になっちゃったんですか。（笑）

佐藤　「佐藤の出る回は放送作家のコストを削減できる」と思われたのでしょうね（笑）。それからはラジオの仕事に慣れて、とてもやりやすくなりました。

漫才についても、やる場所によって聴衆の反応は大きく違いますよね。テレビで二～三分の短い漫才をやるだけであれば、薄いファンが広くつくようになります。

塙　寄席だと、数えるくらいしかお客さんがいないことだって珍しくありません。

佐藤　でもそこで一五分とか二〇分ノンストップで漫才を聴いたお客さんは、濃いファンになります。薄いファンと濃いファンが混ざり合わさって、ファン層が円錐状《えんすいじょう》になっているくらいがちょうどいいのかもしれません。

土屋　薄いファンの人は、ほかにおもしろい芸人が出てきたらそっちに移っちゃうでしょうしね。

佐藤　テレビやラジオ、そしてライブでも満遍《まんべん》なくお笑いをやっているお二人は、息長く続くのではないでしょうか。ファン層が円錐状になっていれば、薄いファンが一時的に離れたとしても、濃いファンがいつまでもナイツの存在を忘れません。

　ちなみにわれら作家の世界では、大宅壮一ノンフィクション賞（二〇一七年からは「大宅荘一メモリアル日本ノンフィクション大賞」）はもっとも権威《けんい》があるといわれています。でもこの賞を取ったうち、いまも筆一本でメシを食えている作家は一割もいないのではないでしょうか。大学で専任教授や特任教授の席をもらい、一定の収入を得ながら原稿を書いている作家がほとんどです。生活の基盤を文筆だけに置いている作家は、ひょっとすると一〇人もいないかもしれません。

塙　芥川賞を取った又吉直樹さんも、芸人と作家の兼業ですしね。僕らも寄席の漫才だけしかやっていなかったら、生活は成り立ちません。

佐藤　どれくらいオカネにならないんですか。

塙　一回の寄席のギャラはコインパーキング代のほうが高いくらいです。

土屋　五〇〇円しかもらえないときもあるので、二人のコンビだと一人の取り分が二五

○円。これじゃ交通費にもならない。（笑）

佐藤　私が教会で講演会に呼ばれるときも、電車賃よりちょっと多いくらいのギャラです。でも商業原理から離れたところで仕事をすることも、実は大事だったりするんですよね。

土屋　そうですね。毎日寄席に立ち続けていなかったら、今の僕たちはありません。

寄席を減らして全国ツアーに

佐藤　ドイツでヒトラーのナチスが権力を取ったとき、学生がカール・バルトという神学者に「先生、私たちは何をしたらいいのですか」と質問しました。するとカール・バルトはこう言ったそうです。「こういうときはあたかも何事もなかったが如《ごと》く、一喜一憂せず普通にしていることだ」。

ナイツのお二人は、一五年がかりの「M－1グランプリ」への挑戦が終わった直後、「あたかも何事もなかったが如く」振る舞っていましたが、実は、ものすごいエネルギーを使っていたと思います。クルマが逆風を受けながら走るときは、アクセルを相当踏み込まなければいけません。

塙　お笑いの世界では、「八年周期」という考え方があります。僕らの場合、〇一年にコンビを組んでから苦しい時期が続いたものの、〇八年十二月の「M－1グランプリ」で初めて決勝戦に出場できたのが、「第一の八年周期」です。八年かけてようやく「ヤホー漫才」の型をつくれ、そのおかげで、〇九年からテレビやラジオにたくさん出られるようになったわけです。

佐藤　〇九年から始まった「第二の八年周期」は、一六年で一区切りがついて、一七年からは「第三の八年周期」に入ったわけですね。

塙　「第二の八年周期」の間に、やっと「浅草の漫才師」と呼ばれる安定期に入りました。これからも長く芸人として生きていくために、もう一度、芸を磨いて変革したいという思いが僕らにはあります。

佐藤　私の場合、サイクルは八年ではなく一〇年でしょうか。一九八五年に外務省に入り、八八年から九五年まで旧ソ連・ロシアで仕事をしました。外交官の仕事は一〇年真剣に取り組むと、人脈が広がって大きな展望が見えてくるものです。この間、ソ連崩壊という歴史的事件も経験しました。

私が『国家の罠』で作家デビューしたのは二〇〇五年です。ノンフィクションの世界では、一〇年間生き残っている作家は意外と少ないのですよ。最初の五年は、まだまだとても安定飛行とはいえませんでした。ナイツのお二人は、「第三の八年周期」に入ってからどんなことに挑戦をしているのですか。

塙　寄席に出る回数を少し減らすようにしています。これまでずっと寄席、寄席、寄席……の生活でしたからね。

佐藤　漫才協会に所属して以降、寄席には年間に五〇〇回くらいは出ていたと言われていましたね。そのエネルギーを、ほかの仕事に振り分けたわけだ。

塙　寄席は訓練の場所でもありますから、まったく出なくなるわけではありません。回数を減らしたぶん、全国ツアーに取り組んでいます。

土屋　サンドウィッチマンのお二人からずっと、「絶対全国ツアーをやったほうがいいよ」と言われていたんですよ。今まで独演会は東京でしかやっていなかったのですが、全国をどんどん回っています。どのくらいお客さんが来てくださるか毎回不安でいっぱいですが。

塙　もうM-1に出ることはないので、年末の予定を気にしなくてよくなりました。

佐藤　十二月にあるM-1決勝戦に臨むためには、年末に向けて一年間ずっと修練して準備していかなければいけませんからね。

塙　今までは年末が近づくにつれて、だんだん体が重くなってきたものです。

土屋　僕も十二月に入るとヘンなセキが続いていました。

佐藤　私が刑事裁判を抱えていたころと一緒です。公判の一カ月くらい前から、だんだん体の調子が悪くなる。M-1のことは気にしなくていいのですから、年末に調子が悪くなることもなくなるでしょう。

関西から東京へ進出してくる芸人がいますけど、反対に東京から関西へ進撃するのもいいんじゃないですか。私も「第三の八年周期」に入ったナイツの独演会「この山吹色の下着」を福岡で拝見しましたが、お二人の絶妙《ぜつみょう》な掛け合いに腹の底から笑わせていただきました。

塙　お忙しいなか、福岡までご足労くださり本当にありがとうございました。「浅草芸人」として浅草の寄席に出るだけでなく、これからは全国のお客さんに浅草発の漫才を見てもらいたいです。M-1からやっと解放されたので、リアクション芸人の腕を磨いてバラエティー番組にも進出していこうかな。(笑)

東京地検特捜部に逮捕された日

塙　これまでのお話のなかで、佐藤さんが東京地検特捜部に逮捕されたときの話がチラッと出ました。

土屋　二〇〇二年五月から〇三年十月まで、「小菅ヒルズ」（東京拘置所）に五一二泊したという話ですよね。

塙　どうしてそんなことになってしまったんですか。

佐藤　〇〇年四月、私は外交官として青山学院大学の袴田茂樹教授（当時）や東京大学の田中明彦教授（同）らを、イスラエルのテルアビブで開かれた国際学会「東と西の間のロシア」に派遣しました。

そのときの経費を外務省の関連組織「支援委員会」から支出したことがケシカランという背任容疑が一つです（ほかに偽計業務妨害でも起訴）。背任というのは、要は「そのオサイフは別のところで使ったらいけないでしょ」ということですね。

塙　「支援委員会」というのは、簡単に言うとどんな組織なんですか。

佐藤　旧ソ連諸国に人道支援や技術支援をするために、一九九三年につくられた組織です（二〇〇二年に廃止）。旧ソ連、つまりロシア関係の仕事で使うべきオカネを、佐藤はテルアビブの国際学会で使った。これが背任に当たるというわけです。

土屋　僕らは法律に詳しくないので、わかりやすく教えてください。それは背任と言える話なんですか。

佐藤　いえ、そんなことはありえないと私も外務省全体も考えていました。イスラエルとロシアとの関係を、少しおさらいしてみましょう。

一九九〇年から二〇〇〇年にかけて、旧ソ連・ロシアからイスラエルへ渡った移民は一〇〇万人もいます。〇二年時点のイスラエルにおけるユダヤ人の人口は五〇〇万人ですから、人口の二割はロシア系ユダヤ人ということです。

外交官にとってみれば、ロシアに関する重要な情報は、テルアビブに出かければたくさん取れるわけですよ。だから当時の外務事務次官もこの決裁書にサインをしたのです。

土屋　ということは、「支援委員会」から経費を支出しても問題なさそうですが……。

佐藤　そうでしょ。なんであんなことが事件化されたのか、きわめて不思議な話なのです。当時は「鈴木宗男疑惑」の嵐が吹き荒れていました。

塙　あのころはテレビで毎日すごい騒ぎ[*2]になっていましたよね。

佐藤　そう。あのときは大変だった。鈴木さんは〇二年六月十九日に逮捕され、私はその一カ月前の五月十四日に逮捕されました。東京地検特捜部は、私を捕まえれば鈴木さんを有罪にもち込むためのきっかけをつかめると思ったのでしょうね。

外務省の機密費をチョロまかして競走馬のオーナーになっているとか、愛人にマンションでも買ってあげたのではないかとか、妙な話が出てくるんじゃないか。私を揺さぶれば、鈴木さんにつながる事件をつくっていける。そんなふうに考えたのでしょう。もっとも、そんな話は取り調べを通じて私からは引っ張り出せなかったわけですが。

意外にウマかった「臭いメシ」

塙　僕らは二人とも拘置所に入ったことがないので（笑）、これを機に質問しちゃいます。よく獄中の食事のことが「臭いメシ」などと表現されますけど、実際はどうだったんですか。

佐藤　実は、東京拘置所のご飯はとてもおいしかった。全然「臭いメシ」じゃないわけです。私が逮捕・収監されたのは〇二年五月、そのちょっと前に日本はBSE（牛海綿状脳症）で大騒ぎになりました。

土屋　ありましたね〜。あのときは牛丼屋さんが大変なことになり、牛丼をやめて豚丼を出していたのをよく覚えています。

佐藤　BSEのせいで、〇二年の日本では牛肉が売れ残って大変だったわけです。獄中では肉は鶏肉しか出ないと聞いていたわけですが、私が入っていたときは牛肉入りの青椒肉絲《チンジャオロースー》が出てきました。ビフテキが出てきたこともあります。

土屋　僕らが楽屋で食べてるロケ弁より豪華じゃないですか。(笑)

佐藤　エビフライは車エビの尾頭付きが出てきたりしますし、正月にはおせち料理も出ました。食べ物は本当にどれもおいしかった。あれは驚きでした。

塙　カロリー制限はないんですか。

佐藤　いや、カロリーはきちんと計算されています。獄中の人が、どんどん痩《や》せていったら批判されちゃうでしょ。

塙　虐待してるみたいに思われちゃいますものね。

佐藤　獄中で食事を全部まともに食べていたら、どんどん太っていきます。未決囚《みけつしゅう》は缶詰やお菓子など自由に購入できますから、間食していたら、なおのこと太っちゃう。

拘置所の食事はＡＢＣの三段階に分かれていました。おかずは全部一緒ですが、麦飯の量が違うのです。私の場合はＣランクで、麦飯の量は一番少なかった。それでも一日の食事は二二〇〇キロカロリーくらいありました。

土屋　それはけっこうなカロリーですね。

佐藤　そう。だから食事は完食せず、いくらか残すように注意していました。

耐震構造は完璧な「小菅ヒルズ」

塙　東京拘置所の雰囲気は、個室がズラッと並ぶ病院みたいな感じですか。

佐藤　あの独特な臭いといい、まさに一昔前の病院みたいな感じでしたね。ただし清掃が行き届いていますから、建物はどこもきれいでした。私が暮らしていた部屋は三畳、それに一畳の板の間付きです。

塙　けっこう広いじゃないですか。

佐藤　そう、けっこう広い。あいりん地区にあるドヤ（簡易宿泊所）より広いんじゃないかな。ドヤの個室は二畳ちょっとですからね。それに東京拘置所の部屋は天井が高い。どこかにヒモを引っかけて首を吊らないように、天井は三メートルくらいありました。

土屋　……。

佐藤　最初に入った部屋には檻《おり》がついていたのですが、途中で引っ越した新獄舎は檻が全然ありませんでした。そのかわり特殊ガラスで覆われていて、仮にハンマーでぶち割ろうとしても絶対に割れません。

ときどき地震対策の放送があるんですよ。「この建物は地震に強く、すべてが耐震構造壁になっています。コンクリートの厚さは通常の一・五倍です。コンクリートの中には格子が入っているため盤石ですから、どんな地震があっても絶対崩れません」「グラッときたときには布団をかぶってください」というような放送がある。

大震災が起きて、みんながパニックに陥ったら大変ですからね。何かシュールな雰囲気でした。

風呂場の通風口に張り込んだマスコミ

塙　五〇〇日以上も独房で暮らしながら、頭がヘンになりそうになったことはないんですか。

佐藤　それはありませんでした。むしろ、東京拘置所の中にいたときよりも、逮捕される直前のほうがキツかった。二〇〇二年一月終わりから「鈴木宗男疑惑」に火がついて、私は五月十四日に逮捕されました。この間、マスコミが張り込んでいるせいで自宅に帰りづらい状態が続いちゃったんです。ゴミを持っていかれたり、郵便物が開封されていることもありました。

自宅でお風呂に入っていると、なんだか人の気配がするわけです。外を見ると、お風呂の下のあたりで人が這《は》いつくばっていました。お風呂には小さな窓がついていますよね。そこから逃げるんじゃないかと思って、マスコミが張り込んでいるわけです。

塙　盗撮しようとしてるヘンタイみたいですね……。

佐藤　彼らも仕事だから必死です。取材のやり方なんて、いくらでもエスカレートしていきます。某テレビ局の政治部記者から、こんなアドバイスを受けました。

「もう少し時間がたつと、佐藤さんが手を挙げて暴れている画《え》を撮りたくなる。だからわざとカメラをコメカミに当ててくる。そのときは絶対にカメラを手で払っちゃいけない。カメラを手で払おうとすると、佐藤さんが暴行している画像に編集されちゃうから」

土屋　ひどいですね。おもしろい画を撮るために、わざと挑発してくるわけですか。

佐藤　「それから、カメラがいる前で笑っちゃいけない。笑ったら『佐藤は不気味な笑いを浮かべていた』という写真や映像に編集されてしまう。なおかつ怒ってもいけない。極力撮られないようにしたほうがいいが、やむなくそこにカメラがいるときには無表情で通すといい」

　このアドバイスは非常にありがたかったです。だから当時の私の写真や映像は、無表情なものが多いんですよ。

ムルアカが受けた報道被害

佐藤　鈴木宗男さんの秘書をやっていた、アフリカ出身のムルアカさんはご存じですか。

塙　背がものすごく高くて、いつもニコニコしているゴキゲンな人ですよね。テレビで見たことがあります。

佐藤　鈴木さんがバッシングを受けていた当時、ムルアカさんが暴れている映像がテレビで何回も使われました。あの背景で何が起きていたのか。

家の前には、記者やカメラマンが何十人も集まっていました。そのせいで、幼稚園に行こうとしたムルアカさんの息子さんが倒れて踏みつぶされそうになったのです。ムルアカさんが息子さんを守ろうとしたら、まるで大暴れしているように編集されてしまいました。

土屋　う～む、それはひどい……。画としておもしろいシーンだけ切り取れば、なんとでも印象操作できてしまいますよね……。

佐藤　ムルアカさんは怒って反撃しました。自分を取材していた女性記者に「いまオマエに呪いをかけた。アフリカの呪いはすごく効くよ」と言ったのです。

すると二週間くらい経《た》ってからその人が訪ねてきて「ムルアカさん、最近すごく調子が悪いんです。アフリカの呪いを解いてください」と頼んできた。

土屋　あはは。ムルアカさんの呪いがホントに効いちゃったんですかね。

佐藤　「ムルアカは相当な金額のカネを持っている。金塊《きんかい》も隠している」という報道もたくさん出ました。議員秘書の仕事がなくなってから、ムルアカさんは畑を借りて自給自足の畑仕事をやっていたんですよ。あるとき勝手に重機を入れられて、畑を掘り返されちゃったそうです。金塊を畑に隠していると思われたのでしょうね。

塙　ひどいですねえ。そっちのほうこそ、よっぽど違法行為じゃないですか。

佐藤　自宅から外に出ると、土下座して待っている会社の社長さんがいたこともあったそうです。「ムルアカさん、オカネをたくさん持っているんでしょ。どうか私に貸してください」なんて懇願する。

　ムルアカさんの奥さんは、いまでもNHKニュースのオープニングの音楽が流れると体が震えてくるそうです。当時のことを思い出すと怖くなって、テレビのニュース番組なんてとても見ていられない。あのときは激しい嵐のような日々でした。

偏見がないことがよくわかる

佐藤　外交官として北方領土問題に真剣に取り組まなければ、私があのような事件に巻き込まれることはありませんでした。外交官としてどうしてもやらなければいけない仕事のせいで、鈴木宗男さんを巻き込んでしまったのは本当に申し訳なく思っています。
あの当時、国会議員もマスコミも鈴木さんや私を猛攻撃しました。でも公明党の議員は、われわれの人格攻撃をしなかったことをよく覚えています。そのことに、私はとても恩義を感じているわけです。
私の知っている創価学会や公明党の人とざっくばらんにお話ししていると、皆さんに偏見がないことがよくわかります。逮捕され、執行猶予付きとはいえ懲役の有罪判決を受けた私のことを、「オマエは逮捕歴がある前科者じゃないか」と偏見の目で見ることはない。

塙　そういう目で見ているとしたら、僕らはこうして佐藤さんと対談できませんからね。（笑）

佐藤　皆さんは、当時の新聞報道と私が言っていることと、どちらの主張に分があるかをちゃんと判断してくださったのだと思います。

塙　佐藤さんは『地球時代の哲学　池田・トインビー対談を読み解く』（潮新書）、『「池田大作　大学講演」を読み解く　世界宗教の条件』に加えて、公明党の山口那津男代表との対談集『いま、公明党が考えていること』（潮新書）の三冊の本を潮出版社から発刊されていますね。

総合月刊誌『潮』では「二十一世紀の宗教改革　小説『人間革命』を読む」を連載中です。

佐藤　私は同志社大学神学部と大学院でキリスト教神学を学び、プロテスタントのキリスト教を信じています。そんな私の目から見ると、世界宗教化しつつある創価学会、そして与党でリーダーシップを振るう公明党の変化がよく見えるんですよ。創価学会や公明党の外部にいるからこそ見えることを、作家として、私はこれからますます力を入れて書いていきたいのです。

＊1　二〇一五年、M-1グランプリが四年ぶりに復活。ナイツは十一月十九日の準決勝に出場するも、惜しくも敗退。十二月六日の敗者復活戦では第三位に終わった。

＊2　二〇〇二年に入ってから、田中眞紀子外務大臣（当時）との対立がクローズアップ。マスメディアは「ムネオハウス疑惑」などを連日センセーショナルに報じ、国会では「疑惑の総合商社」と揶揄された。鈴木氏は〇二年六月に逮捕され、一〇年に懲役二年が確定。鈴木氏の公民権は停止したが、一七年四月に回復した。

第4章

仕事とオカネの心得

佐藤 優

人間関係でも仕事の場面でも、オカネはとても大切です。

そのうえで、オカネがすべてではありません。オカネに加えて、信念や情のように経済原理とは別の要因も必要なのです。

「目に見える仕事」「見えない仕事」

土屋　今回は、佐藤さんと「仕事」について語り合いたいと思います。

佐藤　ナイツのお二人の仕事ぶりを拝見していますと、われら作家と似ているところがあります。仕事の成果が、ちゃんと目に見える形で表れてきますよね。

塙　たしかに、浅草の寄席に出ればお客さんの反応は如実《にょじつ》にわかります。ネタがスベったらお客さんはクスリとも笑ってくれませんし、「ここでウケるのか」という意外な場面でドカーンと笑いが取れることもあります。

佐藤　テレビやラジオに出れば、視聴率や聴取率が数字としてシビアに出ますよね。作家の仕事の成果は、書籍の売り上げや書評の数によって可視化されます。

皆さんの場合は「M-1グランプリ」や「THE MANZAI」のような賞がありますし、われら作家はノンフィクション賞によって評価されるわけです。ところが、作家になる前に私がやっていた役人の仕事には、そういう客観的評価がほとんど出てこないわけです。

土屋　といいますと……。

佐藤　特に私が従事していた情報屋の仕事は、うまくいっているときには痕跡《こんせき》が残ったらいけないわけです。情報屋は裏であれこれ手を回し、表では「あたかも何も起きていない」かのように見せる。

塙　「何かが起きている」かのように見えたときには……。

佐藤　痕跡が表に露見《ろけん》したときとは、情報屋の仕事が失敗したことを意味するのです。つまり仕事が成功しているとき、見た目は「何もやっていない」のと変わりない。お笑いや作家の仕事と違って、仕事が客観的評価の対象にならないわけです。

"くすぶり"が伝わるから距離を保つ

佐藤　ところがこの世の中には、ペテン師みたいな人間がたくさんいるわけですよね。自分は何も仕事をやっていないくせに「実は××の案件は密《ひそ》かにオレが仕掛《しか》けたんだよ」と自画自賛《じがじさん》する不届き者がたくさんいるのです。そういう連中も混じってきますから、役人の世界で仕事の成果を測《はか》るのはとても難しい。

戦前の日本陸軍もそうでしたが、発表はいつも「成功」か「大成功」の二種類しかありません。自分たちが仕事の内容を企画立案し、実行する。成果は客観的基準によって測るのではなく、自分たちで評価する。だから「失敗」は絶対にありません。

土屋　もし仕事が思うように進まなかったり、明らかに失敗したとしても、その事実は認めず「なかったこと」にしてしまう。

佐藤　ええ。日本陸軍の歴史を見ても、「成功」か「大成功」だけがずっと続いているわけです。失敗した例なんて一度もない。その集積が今の状態を生み出しているわけです。かたやお笑いや作家の仕事は、「成功」か「大成功」の二種類なんてことはありえません。

塙　「オレたちのお笑いは時代の最先端を走っている。今は全然ウケてないが、それは客に見る目がないせいだ」なんて強がっても、誰も相手にはしてくれません。結果はシビアです。

佐藤　芸人の世界でも「あいつは今は人気があるかもしれないが、実力はこっちのほうがずっと上なんだ」と言い続けている人がいると思います。

そういったくすぶっている人と付き合うと、イヤ〜な〝くすぶり〟はこっちまで伝わってきてしまいます。

土屋　愚痴《ぐち》っぽい人と一緒に長い時間過ごしていると、知らず知らずのうちにこっちまで愚痴っぽくなってしまうものです。

佐藤　愚痴っぽい人は、エリートの世界にも大勢います。学生時代は偏差値秀才で「神《しん》童《どう》」なんて言われながら育ってきたのに、社会人になってからはいまいちパッとしない。
そういう連中がお酒を飲んで酔っぱらったとき、どんな話をするのか。彼らは大学の入学試験で出た、筆記式の数学の問題を覚えていたりするわけです。「オレはあの問題を四題中、三題も完璧に解けたんだぜ」なんていう自慢話を何度でもしています。こんな話は検証できないですし、それに五十代になっても三〇年前の入試問題を正確に覚えていること自体が不思議です。
「自分は社会人になってから冴《さ》えない感じなんだよなぁ」と自分を卑下《ひげ》しながら、一番輝いていた過去を振り返ることでしかプライドを満たせない。これは大変に虚《むな》しいことです。

土屋 大学入試の結果がどうだったのかなんて、僕はまったく記憶にありませんけどね。

塙 僕も覚えていませんね。

佐藤 「過去にこれだけ優秀だった自分が、今の職場ではまったく正当に評価されていない」というルサンチマン（恨みの念）を抱えている人は、事あるごとに過去を反芻《はんすう》して「あのときオレは、難しい数学の試験を四問中三問完璧に解けた。目の前にいるこいつらは、一〇〇年経ったって解けないだろう」なんて誇っている。そこのところで自分のプライドを保っているわけです。

どんな世界でも、それぞれの集団にはある種の〝くすぶり〟をもった、またはもたざるを得ない人たちがかならずいます。〝くすぶり〟というものは伝染するものですから、私は距離を保つようにしているのです。

土屋　お笑いや作家のように結果がわかりやすい職業では、仕事の成果がはっきり目に見えます。成果が見えにくい仕事をやっている人は、自分が成功しているのか失敗しているのかわからず、イライラしてしまうところはあるでしょうね。

佐藤　ナイツのお二人をはじめ創価学会の皆さんの強いところは、世の中一般の評価とは別に、信仰者としての視点があることです。地味で誰からも注目されなかったとしても、根っこのところがしっかりしている。

塙　創価学会では伝統的に「信心は一人前、仕事は三人前」という指導がありますし、皆さんそれぞれの立場で、まわりの人から信頼される人材になろうと努力しています。

佐藤　もっと言うならば、皆さんの師匠である「池田大作先生に喜んでいただきたい」という大きな基準もあるわけです。

土屋　仕事がうまくいかなかったり、逆境に直面したときにも、僕らには「池田先生の弟子として負けてたまるか」というブレない基準があります。

「自分の姿をもって師匠のすごさを宣揚《せんよう》したい」という思いがあるからこそ、苦しいときにもがんばれます。

「成功」か「失敗」かは、能力が1%、99%は運

佐藤　芸人さんの世界でもわれわれ作家の世界でも、ある程度の地位までできたときに「自分は努力したから成功したのだ」と言える要素があります。成功している人の中に、まったく努力していない人なんていません。

土屋　そういう人は外からは努力していないように見えても、見えないところで人知れず必死で汗をかいているものです。

佐藤　成功者は例外なく努力家です。他方で、思い切り努力したからといって誰もが成功するとは限りません。とくに上に行けば行くほど「運」の要素は大きいわけです。

塙　そこは僕らも感じます。「運」の風向きが変わったおかげで、一気に仕事の突破口が開ける局面がありますしね。

佐藤　一部の文学賞やノンフィクション賞については、主催者である出版社から出ている本のほうが、受賞作は多くなる傾向があります。

たまたま相性が悪く、自分の作品に強硬《きょうこう》に反対する選考委員が一人いたために、受賞

を逃してしまうことだってあるかもしれません。何事も、努力とは別に「運」の要素が強くあるわけです。

往々《おうおう》にして努力家タイプの人は、成功できなかった人を見たときに「単なる努力不足」と断罪《だんざい》してしまいます。

土屋 「オレが上まで行けたのは、オマエの何倍も努力したからだ」なんて。

佐藤 作家が成功するか失敗するかを分ける要素は、能力が1％、99％は運だと私は思うのです。

私は二〇〇二年まで外交官として勤め、以後作家として外交官時代の経験を本に書きました。私は五十七歳ですから、もし私が今も外務省に勤めていたとすると、六年後の六十三歳には定年を迎えます。

定年を迎えてからソ連崩壊《ほうかい》についての原稿を書いたとしても、どこの出版社も採用してくれないでしょう。ましてや『自壊する帝国』という本が出版され、新潮ドキュメント賞と大宅壮一ノンフィクション賞をダブル受賞するなんてことはまずありえません。

塙 同じことをやっても、かならずしも成功するとは限らない。佐藤さんが作家として成功できたのは、運の要素が大きいわけですか。

佐藤 もし私が逮捕・投獄されていなければ、定年後に『自壊する帝国』と同じ原稿を書いたとしても、せいぜい三五〇万円出して自費出版で一五〇〇部刷るのが精一杯だったでしょうね。

「この本は市場にも出荷します」と出版社の人から言われて期待しても、一〇〇〇部出荷したうちの九五〇部は売れず、返品されていたと思います。

もし私が東京地検特捜部に捕まらなければ、今日のようにはなりませんでした。端的に言って、特捜検察に捕まらなければ私は作家になれなかったと思います。

土屋 逮捕・投獄されたあと、誰もが作家として成功するわけではありません。その人次第という面もありますよね。

佐藤 「よし、オレも佐藤の真似をして捕まってみよう」という人が外務省にいたとしても、その人が作家になれるとは限りません。

土屋 失敗する確率のほうが高く、そこにも運の要素がある。

佐藤 やはり能力が1%、99%は運なのです。

「本当に好きな仕事」は長続きする

塙 佐藤さんから見て、明らかに才能がない作家志望の後輩がいたとします。単純に

「がんばりたいんです」という志《こころざし》だけで突っ走ってしまう。
そういう人に「努力すればかならず芽は出るよ」と励ましますか。それとも「現実をよく見据《みす》えたうえで、違う道も考えてはどうか」とアドバイスしますか。

佐藤　そういう人から相談を受けたときには、私はこのようにアドバイスすると思います。「本当に好きなことをやりながら食えなかった人は、私の周囲には一人もいない」。これは事実なのです。

塙　これは本当に興味深いお話ですね。

土屋　昔から「好きこそものの上手《じょうず》なれ」と言いますけど、本当に好きな仕事であれば、自分なりに工夫してプロになっていける。
好きな仕事をやりながら、たとえ最低限であっても生活の糧《かて》をしっかり得ていけるわけですね。

佐藤　「ただし、その仕事が本当に好きなのかどうか、あなたはよく見極めたほうがいいよ」ともアドバイスします。作家をやりながら年収が一〇〇万円に満たない状況が続けば、いくら好きなこととはいえ不平や不満が出てくるでしょう。酒に溺《おぼ》れてしまうかもしれません。
そんな状態が長く続くようだと作品を書けなくなるということであるならば、それは本当に好きな仕事とは言えないのかもしれません。心から好きな仕事であり、苦労を厭《いと》わないのであれば、どこかでかならず芽が出てくるはずです。

土屋　愚痴や文句がすぐ口をついて飛び出すようでは、「好きな仕事」とは言えません。中途半端な心構《こころがま》えで仕事に取り組んでいれば、人は愚痴っぽくなってしまいます。

佐藤　私がこの太った体を抱えて、今からマラソン走者になるとしましょう。「東京マラソンで一〇〇位以内に入りたい」と目標を立てるとします。こういう非現実的な目標を立てたら絶対にマラソンが好きにはなれません。

塙　ハードルが高すぎる目標を完遂《かんすい》するために、無理なトレーニングを重ねてマラソンが嫌いになってしまうでしょうね。

佐藤　今は五回までしか試験を受けられませんが、昔は「苦節一〇年」とか言って司法試験を一〇回連続で受けて落ち続ける人がいました。

「あなたは本当に法曹界《ほうそうかい》に入りたいのか。本当に弁護士になりたいのか。あるいは、心から裁判官なり検事になりたいと思っているのか」。そう質問したとき、はたしてこの人は自信をもって答えられるでしょうか。

実はこの人は、自分の心の中のヒエラルキー（序列）にとらわれているだけかもしれません。あるいは「人から良く見られたい」と思っているだけかもしれない。人から評価されたいのであれば、司法試験に受からなくても別の道があります。

土屋　「本当に好きなことなのかどうか」という視点は、仕事の適性を見極めるうえで大切なポイントなのですね。

佐藤　「この人は適性がないな」という人には「キミが今やっている仕事は、本当に好きなことなのかどうかよく考えてみたほうがいい。本当に好きなことだと思ったら、このまま思い切り突き進んでみたらいいよ」とアドバイスします。こう言うと、だいたいの人はコースを変えていきますけどね。

逆境のときにこそ生きる信仰の力

塙　本当に自分が好きな仕事だとしても、打開できないほど行き詰まってしまうこともあります。

佐藤　行き詰まりの原因は、自分の中に蓄積されているノウハウが足りないせいかもしれません。実力をつけるためには、トレーニングと勉強の時間を捻出《ねんしゅつ》する必要があります。切磋《せっさ》琢磨《たくま》し合える仲間が足りないのであれば、仲間を増やすのもいいかもしれません。資金が足りなければ、金融機関から融資を受けるのも一つの打開策です。

ナイツでは塙さんがネタ作りを担当しており、毎日一本のネタを書き続けているんですよね。年間三六五本、二年間で七〇〇本、三年間で一〇〇〇本以上と、年月が経てば経つほどお二人は確実に笑いの幅を広げています。

土屋　僕が行き詰まりを感じたときには、かならず原点に立ち返ることを心がけています。創価学会員としての基本をおろそかにせず、朝早く起きて勤行をきちんとやる。お題目を真剣に唱える。原点に立ち返ると、一歩退いた視点で自分を見つめ直すことができます。

塙　実を言うと、僕は行き詰まりを感じたことがないんです。芸人として売れていなかったころから、「絶対に自分は成功する」という強い確信がありましたし、どんなに忙しくなろうがネタはいくらでも書き続けられます。

佐藤　私もあまり行き詰まりは感じません。二〇〇二年五月十四日、私は東京地検特捜部に逮捕されて東京拘置所に入りました。五一二日間も檻の中に閉じ込められ、両隣の部屋には死刑囚がいる。もちろん、こういう生活はとても嫌です。

しかし、獄中という極限状況の中でも、私は「これからどうしよう」とか「絶望的だ」なんてまったく思いませんでした。「さて、この試練をどうやって次に生かしていこうか」「神様はどういう試練を私に与えているのか」と考えたのです。

塙　プロテスタントの信仰をもっていたおかげで、五一二日間もの獄中生活でも強い精神力を保てたのですね。

佐藤　これはカルヴァンの影響を受けたプロテスタントのキリスト教徒の特徴でして、われらは逆境に強いのです。

はたからは「この野郎、全然反省していないな」と見えたかもしれませんが。神様との関係で言うならば、そんな状況下に落ちてしまったことを、本人はいつも反省しているんですけどね。

「おじさん臭い」とバカにされた時代

塙　僕は、人生の師匠・池田大作先生から、強い確信をもって前に進む重要性を教わりました。信心という根本をおろそかにせず、そのうえで強い確信をもって生きる。池田先生はよく「クヨクヨするな」とも指導されます。思うようにいかないときがあっても、クヨクヨしたってしようがない。だから僕は、いつもプラス志向の確信をもつように心がけています。

浅草の漫才協会に入って毎日ネタを作っていたころは、お笑いの世界で思うような結果を出せず苦労しました。

土屋　コンビ結成（二〇〇一年）後、「M-1グランプリ」に挑戦するものの、なかなか結果が出せなかったことは前にもふれました。

　僕らは一九七八年生まれですから、三十歳の節目が近づいてきて、「これから先、いったいどうなるのだろうか」と焦《あせ》りもあったことは事実です。

佐藤　爆発的に売れている今からは、とても考えられない苦労があったと思います。浅草の漫才協会に在籍したばかりのころは、師匠筋の付き人をやっていたんですよね。

塙　付き人制度ではなかったんですけど、演芸場では先輩のお茶くみをやっていました。第二章でも話しましたが、お客さんが数えるくらいしかいないような会場で漫才をやり、「はたしてここで漫才をやることにパワーを注《そそ》ぐ意味はあるのか」と思ったこともあります。当時はネタも全然ウケませんでしたしね。

「オレたちはここに出て漫才をやっているから駄目なんだ」とイライラし、負のスパイラルに落ち込みかけていました。

土屋　浅草ではお客さんが一〇人以下しかいないときも頻繁《ひんぱん》にありました。うまくいかないことを「浅草に入れられたせいで……」とよく言い訳にしていたものです。

塙　拘置所に五一二日間も入れられた人の前で、「浅草に入れられた」と言うのもち

ょっとアレだけど。（笑）

佐藤　（笑）

土屋　僕らは下積みや付き人として苦労したわけではありませんが、年齢層が高い演芸場のお客さんにウケなかった時期は苦戦しました。若いお客さんが来るライブに出れば「ナイツはおじさん臭い」と言われて全然ウケませんしね。「若い人向けのネタをやれば普通にテレビに出られるんだ」なんて腐りかけたこともありますが、それは甘い考えでした。

佐藤　私の叔父が関西に住んでいまして、小さいころはよく関西に出かけていました。深夜放送のテレビをつけると、東京や埼玉とは違って吉本新喜劇や吉本興業の漫才がたくさん放送されていました。

　当時、関東では吉本新喜劇は放送していなかった。漫才とお好み焼きは関西限定だったわけです。

　私が七九年に同志社大学に入学したときも、まだそういう雰囲気でした。ナイツのお二人がもし吉本興業に入っていれば、関西独特のお笑いの土壌、吉本興業のあの空間のお笑いしか知らなかったはずです。少なくとも、浅草の演芸場でおじいちゃんやおばあちゃんを前に、毎日漫才をやる生活は送らなかったでしょう。

お笑い業界全体が激変する時期に浅草に身を置き、自分たちのお笑いの構造転換を図りながら、ナイツのお二人は今の立ち位置を勝ち得てこられたように思います。

「浅草芸人」という逆張り戦法

佐藤　吉本興業や吉本新喜劇が関西のお笑いの拠点だとするならば、関東にあるもう一つの重要なお笑い発祥《はっしょう》の地が浅草です。ライプニッツというドイツの哲学者は「モナド」（単子）という言葉を使います。

モナドという単位は、神様以外は新たに作ることも消すこともできません。モナドは大きくなったり小さくなったりしながら、お互いに切磋琢磨していくのです。吉本興業というモナドは完全に消すことができませんし、それどころか関東を席巻《せっけん》するほど大きくなってきました。

しかし、吉本興業というモナドによって、お笑いの世界が一〇〇%すべて席巻されることはありません。

土屋　つまり、僕らは浅草にある漫才協会というモナドでほそぼそと力を磨いてきた……。

佐藤　演芸界には漫才協会というモナドがあり、これも大きくなったり小さくなったりしながら消えることはありません。漫才協会というモナドで切磋琢磨し、他のお笑いの勢力と均衡を図る。ナイツのお二人が売れたおかげで「浅草芸人」が俄然《がぜん》注目され、お二人が漫才協会というモナドを大きくしました。

塙　若いときって情報量が少なすぎますし、実は浅草がデカイ存在だということに気づいていませんでした。僕らは勝手に「浅草は小さい」と思っていたわけですけど、実はすごい歴史と厚みがある場所なのです。

土屋　浅草のすごさをよくわからないままお笑いをやり、気がついたら浅草という土台の上に僕らはちゃんと乗っかれていました。

塙　芸人ってよく「オレたちはお笑いで天下を取る」なんて言い方をしますけど、僕らはそんな大それたことを考えるどころではありませんでした。とにかく、まずはお笑いだけでメシを食えるようになりたい。

　自分たちを客観的に見れば、ナイツはすごく地味なコンビです。だったら「浅草にいること」そのものを売りにすれば、僕らの強みになるんじゃないかと思いました。

佐藤　よくわかります。

土屋　関西のお笑い、今はやっている主流のお笑いを自分たちのモナドにするのではない。佐藤さんが教えてくれたライプニッツの言葉を借りれば、浅草それ自体を自分たちのモナドにしようと思ったわけです。

佐藤　仏教はインドから中国、朝鮮半島、日本へと東に向かって伝わってきました。SGIの世界宗教化によって「仏法西遷《せいせん》*1」が実現しています。

それと同じ向きで、ナイツのお笑いは浅草から関西へと「西遷」していったわけですよね。

土屋　全国的にはあまり光が当たっていなかったお笑いの電源地・浅草が、このところ再び注目されるようになってきたのは、とてもうれしいことです。

やりたくない仕事はスパッと断る

佐藤　先ほど塙さんは「浅草を売りにする」とおっしゃいました。浅草芸人としてのキャラを鋭く立てていくことは、塙さんの作戦だったわけですか。

塙　それは成功することをねらった作戦です。だって、今まで浅草で生きることを売りにした若手芸人なんて誰もいなかったわけですよ。

僕らが浅草の旗を立てれば、若手芸人の世界では独占企業みたいなものです。「絶対注目を浴びる」と確信しました。
今から浅草に入ってきて、僕らと同じことをやろうとする後輩の若手芸人がいるかもしれません。浅草で師匠をイジって笑いをとるのは、独占企業状態の僕らが得意とするところです。それと同じことをやってもウケないでしょうね。

土屋 それだとただの二番煎《にばんせん》じですし、お客さんにもウケません。

塙 浅草で漫才をやりながら成功するためには、どうすればいいのか。僕らは懸命に御本尊に祈りながら考え抜いてきました。
なんとなくお笑いをやってきたわけではありません。だから、自分たちがやりたくない仕事は断ってきたわけです。

佐藤 「やりたくない仕事は断る」というのは重要なポイントですね。われら作家の場合、明らかに自分の能力を超えた仕事や適性に合わない仕事を依頼されることがあります。そういう仕事は、基準に達するアウトプットを出せるという自信がない限り、引き受けるべきではありません。
プロの物書きはオカネをもらって仕事をするわけですし、実験的な原稿は、限りなく同人誌に近いものに書くようにしています。

塙 「塙さんは名前を貸してくれるだけでいいから、映画監督をやってくれないか」

と頼まれたこともあります。そのときも「そんな仕事はできません」と言って頑《かたく》なに断りました。

佐藤　作家の世界にも似たような話がよくあります。「本の帯文を書いてください」と頼まれたときに、「僭越《せんえつ》ながら、こちらで三パターンの案を作りました。どれがいいでしょう」なんて提案される。

私は自分が読んでいない本の推薦文なんて書きませんし、中身を読みもしないで帯文を三択から選べません。

でも、こういう仕事を引き受けてしまう人はいるんです。短い帯文を書くだけで三万円から四万円はもらえますから。読みもしない本の帯文をイッチョウ上がりで出すなんて、そんな仕事で得るオカネは不労所得です。不労所得を得ると人間は怠惰《たいだ》になります。こういう習慣がついてしまうと作家としての腕が落ちます。

土屋　本屋さんに並んでいる本を見ると、派手な帯文がよく並んでいますよね。

佐藤　「中身を読んでいないな」という帯文は明白です。たとえば、「鳥肌が立つほどの名作」なんてのは典型です。「この人はすべて鳥肌で説明するタイプだな」なんて一目《いちもく》瞭然《りょうぜん》。（笑）

こうした仕事に脇目もふらず、自分で制御できるかどうか。人間はオカネが大好きな生き物ですから、一度ラクして儲《もう》けることを覚えたら軌道修正できなくなってしまいます。本当に怖いです。

塙　そんな仕事が当たり前になったら、毎日漫才のネタを書いて寄席に出続けるのがアホらしくなっちゃいますよね。

佐藤　オカネに目がくらむと、自分がやるべき仕事を手抜きして、人はたちまち堕落《だらく》します。「オカネの魔力《まりょく》」とはじつに恐ろしいのです。

オカネの使い方とインテリジェンス

土屋　オカネが話題になりましたが、人間誰しもオカネの魔力にはなかなか逆《さか》らえないものですよね。

佐藤　コーラがいくら好きでも、一〇本も飲めませんよね。お酒がいくら好きでも、ワインをフルボトルで二本も三本もガブガブ飲んで平気な人なんていません。いくら恋愛が好きでも、三～四人と同時に付き合ったら精神的におかしくなってしまいます。

塙　二股かけているだけで破滅《はめつ》ですよね。

佐藤　ところがオカネについては、一〇万円もらえば一〇〇万円ほしくなります。一〇

○万円を手にすれば一千万円がほしくなるわけです。一千万円もらえるようになったら、今度は一億円がほしくなります。

われわれ情報の世界では、オカネが大好きな人を情報源にしません。情報の仕事を長くやっていると、ある時期から人の顔が値札《ねふだ》に見えるようになります。機微《きび》に触れる情報を得るためには役所の予算を使うことがありますし、「この人の情報価値は×万円だな」と頭の中で計算してしまうわけです。

土屋　一般企業でも取引相手を接待することがありますし、似たようなところがあるかもしれません。

佐藤　情報の世界では「この人がもっている情報には×万円の価値がある」「一回限りの付き合いならば、いくら払うに値《あたい》するか」「定期的に情報提供してもらうために、協力費として毎月一〇万円ずつ支払おう」なんて計算するわけです。こういう報酬《ほうしゅう》の支払い方をしていると、次第に情報の内容が荒れてきてしまいます。

塙　固定給みたいに謝礼が支払われると、だんだん緊張感が薄れてきてしまいそうですよね。

佐藤　そのとおりです。毎月一〇万円もらえるのが当たり前になっちゃうと、精度の高い情報を無理して仕入れようとは思わず、情報提供者が横着《おうちゃく》し始めるわけです。ですから、良い情報をもってきたときには二〇万円、悪い情報をもってきたときには一万円支払うといった歩合《ぶあい》制にしてみます。すると今度は、捏造《ねつぞう》情報をつかまされる危険が出てくるんですよ。

塙　捏造情報ですか。

佐藤　「相手がほしがっている良い情報は何か」と考えるうち、情報の内容に妙なバイアス（偏り）がかかったり、不正確な情報が混じってくるのです。オカネが露骨《ろこつ》にからむと、情報の世界ではロクなことがありません。

情報提供者がものすごく苦労して良い情報を取ってきたときには、ボーナスなんて支払わず「ありがとう」のひと言で済ませてしまう。そのかわり、別の機会に「お誕生日おめでとう」と言って三〇万円を包んだり、「ウチの奥さんの歯並びが悪くてね」なんて雑談が出たときに、歯の矯正《きようせい》代五〇万円をポンとプレゼントしてしまう。周囲の人間関係を利用して、情報とオカネの間に対価性がないようにするのも情報の世界のやり口です。

オカネと命とどちらが大事か

土屋　佐藤さんが言うところの情報の世界で、協力者にいちばん喜ばれるのはどんな形の報酬なんですか。

佐藤　いちばん効果が高いのは医療支援です。本人や家族が病気になったときに良い病院や名医を紹介してあげたり、最新の特効薬を入手してあげる。こういう形で信頼関係を獲得すると、ものすごく効果があります。

土屋　病気の人は切羽詰《せつぱつ》まっているものですからね。

佐藤　そう。人間にとっていちばん重要な価値は命なのです。

土屋　健康面で助けてもらった恩は、何よりも大きい。

佐藤　外務省に勤めていたころ、私はオカネがらみの仕事がとても嫌でした。人の顔や名刺を見ながら「この人に対してはこういう組み立てで距離を詰めよう」なんて常に考えているわけですからね。

塙　そういう仕事で会う人とは、どれだけ親しくなっても利害がまったく関係ない友人にはなれませんよね。

佐藤　ええ。友情を利用しているわけですし、その人と会っているときには「もしこいつがオレを裏切ったらどんな影響があるか」「オレは命を失うだろうか。国外追放になるだろうか。あるいは二〜三発殴られるだけで済むだろうか」とか考えているわけです。「オカネを脅《おど》し取られる可能性もある。その場合はいくらだろうか」なんて日常的にずっと気にしているわけですよ。

塙　「あの人に会うときには、おいしい食事やお酒をごちそうしてもらえる」。こういう人間関係には注意しなければいけません。僕らの普段の生活を顧《かえり》みても「定期的な収入」は要注意です。給料にしても子どものお小遣いにしても、定期的に支払われるオカネは「もらうのが当たり前」になっちゃいます。

土屋　そういうオカネを使って深い信頼関係をつくるのは難しいですよね。

佐藤　かといって、オカネが不必要というわけではありません。卑近《ひきん》な例では、恋愛にはオカネが必要です。

彼女とデートするときに、レストランどころかファミレスにすら行けなかったらガッカリされてしまいます。デートするときに、いつもコンビニで買ったものを食べるようではムードもへったくれもありません。

最近は、高級食材を使いながらもリーズナブルな価格で料理を提供して、人気を博している立食を基本としたレストランもあります。

そうしたお店に行くのは、一回や二回はおもしろいとは思います。大事な話をするときにそういう落ち着きのない店に出かけていたら「あんたはいったいどういうつもりなの」と怒られちゃいますよね。

人間関係でも仕事の場面でも、オカネはとても大切です。そのうえで、オカネがすべてではありません。オカネに加えて、信念や情のように経済原理とは別の要因も必要なのです。

現代に生きるマルクスの『資本論』

土屋　オカネは人間にとって必要ですが、オカネに目がくらんでお札ばかり追いかけている人生は、はたから見てあまり楽しそうではありません。

佐藤　そのうえで、オカネを無視する人も幸せになれないのが現実です。オカネについて考えるときに、マルクスが役に立つんですよ。

塙　マルクスと聞くと、なんだかとても難しそうなイメージがありますが……。

佐藤　近代経済学は「オカネはどうして出てくるのか」という研究はしていません。うんと簡単に言うと「オカネはオカネだ」で終わりです。マルクス経済学は違います。マルクスの『資本論』の最初の部分は「オカネはどうして出てくるのか」という研究なんですよ。

倉庫にコーラが山ほどあるとして、それを全部自分で飲むわけではありません。仕入れたコーラはよく冷やしてお祭りにもっていったり、コンビニやスーパーに卸《おろ》したりして、仕入れ値より高い値段で売るわけです。

モノの交換はオカネを媒介《ばいかい》します。そのオカネを使って、今度は自分が必要な本やお砂糖を買うわけですよね。

土屋　盆踊りをやっている夏祭りの会場に本をもっていっても売れませんが、お菓子やコーラ、ビールは飛ぶように売れます。

佐藤　ここはとても不思議なのです。オカネがあれば何でも買えるかもしれませんが、モノが確実にオカネに替わる保証はありません。

かつて私がソ連で外交官として勤務していたとき、おもしろいことが起こりました。一九九一年のある日、夜九時十五分ごろにアナウンサーがこういう放送をするわけです。「本日二十四時をもって五〇ルーブル札、一〇〇ルーブル札は使用できなくなります」。

塙　ソ連崩壊直前に、オカネの価値が突然なくなっちゃったわけですか。

佐藤　そう。日本円で言うところの五〇〇〇円札や一万円札が、ある日突然使えなくなってしまったのです。これはえらいことですよ。

こうなると、五〇ルーブル札や一〇〇ルーブル札のみならず、ルーブル自体を誰も使わなくなります。すべてのルーブルが、いつ使用禁止になるかわかりませんしね。ちなみに東西冷戦まっただ中のソ連では、アメリカドルを公然と使うと逮捕されました。

塙　外貨も含めて、ある日突然モスクワでオカネを使えなくなってしまった。ソ連の人たちはどうやって生活していたのですか。

佐藤　その瞬間、マルボーロがオカネの代わりになったのです。

土屋　マルボーロって、あの赤色の箱に入ったタバコですよね。

佐藤　そう。そのタバコがオカネの代わりになったのです。白タクをつかまえると、マルボーロを一箱渡しただけでモスクワ市内のどこへでも行ってくれました。

要人を連れてレストランに行くときには、ルーブルではなくマルボーロをカートンごと袋に入れてもっていきます。ただし使えるのは「赤」だけであって、メンソールやライトのゆるいタバコは使えません。

「今日は四人でキャビアをガッチリ食べて、ウォトカもしこたま飲むぞ」と息巻きながらレストランに入り、マルボーロを三箱出して「これでやってくれ」なんて言うわけです。金本位制の経済が突然終わり、ソ連末期には「マルボーロ本位制」の経済が成立しました。

塙　ルーブル札をいくらもっていても、ソ連では何の価値もなくなってしまった。マルボーロを山ほど備蓄していた人が、ソ連社会でオカネ持ちになったわけですね。

佐藤　あのソ連社会を見たときに、かつて読んだマルクスの『資本論』が私の中でピタッとハマったんですよ。一万円札を一枚刷る諸費用は、せいぜい二〇円から二二円程度のはずです。

その紙切れ一枚で一万円分のサービスが買えるなんて、これは一種の信仰ですよね。「一万円札には一万円分の価値がある」とみんなが信じているから、貨幣経済は成り立ちます。旧ソ連のようにその信仰が崩れてしまったら、経済は成り立ちません。

貨幣経済は便利ですが、オカネを信仰にしてしまう恐ろしさもあります。オカネは人間にとっての道具であり手段なのに、人間はオカネに支配されがちですよね。経済的に行き詰まった人が、生命保険をかけたうえで電車に飛び込んで自殺する。こんなことは本末転倒《ほんまつてんとう》でしかありません。人間はオカネほしさのためにに生活をメチャクチャにし、ときには命までも捨ててしまう。ここにオカネの怖さがあるのです。

オカネの哲学

佐藤　小説『人間革命』を読むと、創価学会の戸田第二代会長が事業に失敗したとき、オカネのためにどれだけ辛い苦労をしたかがよくわかります。戸田会長は、創価学会員にとって信仰と人生の師匠なのに、大きな負債《ふさい》を抱えたせいで戸田会長を裏切る人間が出てきました。

いろいろな局面で、オカネがどのように人を変えるのか。人はオカネとどう付き合わなければならないのか。『人間革命』を読むと、私たちが生きていくうえで必要な人生哲学がさまざまな角度から読み取れます。

塙　僕らは売れないころ、食費や生活費にも事欠いていてとても苦労しました。まったく売れなくて誰も知らない芸人であっても、所属事務所のマセキ芸能社まで交通費をもらいに行くと、デスクのオバちゃんがオカネをくれるんですよ。

佐藤　そういうわずかなオカネであっても、当時はとても貴重だったでしょ。ナイツのお二人はいまや引っ張りだこの人気者です。だからといって欲を出して「なんでオレが事務所にオカネを入れなければいけないんだ」とオカネに汚くなったらおしまいです。

土屋　そうやって傲慢《ごうまん》になるようだと、たちまち転落してしまうでしょうね。

佐藤　そうなれば、お二人のまわりにいる人たちはだんだん離れていくでしょう。ましてやオカネの取り分をめぐって芸能事務所から独立なんてすれば、中長期的に見て大成功はできないはずです。

作家の世界でもたまにいるんですよ。「オレを誰だと思ってる。××賞を取った作家だぞ」「オレの本が初版四〇〇〇部だと。ふざけるんじゃねえ。一〇万部刷れ」なんて出版社に文句をつけ、ギリギリの線までがんばって初版一万部を刷ってもらう。本は全然売れなくて、七五〇〇部も返本されてしまう。

するとｌ「あの作家は初版部数に文句をつけて暴れる」と業界ですぐに悪評が流れ、仕事なんてこなくなります。

土屋 オカネに流されず、オカネに強くなるためにはどうすればいいのでしょうか。

佐藤 オカネに強くなるためには、オカネ以外の価値観をもたなければなりません。といっても、「オカネを払ってでも出世したい」とか「名誉を買う」といったように間違った価値観をもつと、人生はますますおかしくなります。

ナイツのお二人は創価学会の信心という確固たる価値観があるおかげで、芸人としてどんなに売れても貨幣を相対化できるのではないでしょうか。

塙 創価学会員は、世間一般の貨幣経済とはまったく違う文脈で、みんなが喜んで元気に学会の活動をしています。

佐藤 会館を使って会合を開くときにも、入館料を取るわけではありませんよね。

塙 もちろんです。オカネを出した人しか入れない部屋が、創価学会の世界にあったら嫌です。二〇〇〇円払った人は「どうぞどうぞ、こちらへ」なんてＶＩＰルームに案

内されるとか。（笑）

佐藤　多額のお布施《ふせ》を払う人は、特別扱いしてチヤホヤゴキゲンうかがいをするようでは宗教としていかがなものかと思います。創価学会にはそういうことはありません。収入が多い人だろうが少ない人だろうが、一緒になって会合を開いて激励し合う。オカネよりも大切な価値観をしっかりもっているから、創価学会の皆さんは強いのです。

「夜は悪魔が支配する時間」

佐藤　創価学会の皆さんを見ていていつも思うんだけど、皆さんは時間に「節《ふし》」をつけていくのがとても上手ですよね。一日の時間軸で言うと、朝晩の勤行を欠かさずやって時間に「節」をつける。約束の時間に遅刻しない。会合の終了時間をきちっと厳守《げんしゅ》して、ダラダラと延長しない。

一年の時間軸を見ても、皆さんは毎年さまざまな記念日を目指してメリハリをつけ、元気に活動されています。

土屋　たしかに、五月三日の「創価学会の日」、十一月十八日の「創価学会創立記念日」をはじめ、僕らは毎年たくさんの記念日を決着点として活動に励みます。

佐藤　キリスト教の場合、日曜日は「安息日」ですから、本当は仕事をしてはいけない日です。私は日曜日にもたくさん仕事をしてしまうので、本来の意味での良いクリスチャンとは言えないんですけどね。

要するに、キリスト教徒にとっての日曜日とは「この日は仕事をせずに、一週間やったことを見直しなさい」という日なのです。

塙　佐藤さんは毎日ものすごい量の原稿を書いてどんどん新刊を出版し、僕らからはムチャクチャ忙しそうに見えます。

これ以上は絶対ムチャをしちゃいけないとか、夜更《よふ》かししないとか、時間の使い方で気をつけていることはありますか。

佐藤　夜にはなるべく原稿を書かないようにしています。ドイツのディートリヒ・ボンヘッファーという神学者が、「夜は悪魔が支配する時間だ」と言っています。実際、夜中に原稿を書くとヘンなものになる危険性があるのです。

作家の目から見ると、「この人はいつも夜中に原稿を書いているな」ということは、なんとなくわかるんですよ。極度に論争的な文章、人を罵倒《ばとう》している攻撃的な文章が多い原稿は、夜中に書いている可能性が高い。あるいはお酒を飲みながら、酔っぱらって書いているのかもしれません。

塙　論争的で攻撃的な原稿を書くにせよ、夜中よりは昼間に書いたほうがいい。

佐藤　そう思います。私の場合、原稿は朝早くから書くようにしています。私はノンフィクション系の原稿を書くことが多いですし、沖縄や外交といったテーマを扱うときは特に、論争的、批判的にならざるをえないこともあります。

そういう原稿は、朝の陽《ひ》の光を浴びながら書く。書き終わったものをパン！といきなり編集者にメールで送らず、一度プリントアウトしてできるだけ冷静になって読み直してみることも大切です。

一カ月に八六本、脅威のタイムスケジュール

土屋　朝型の佐藤さんは、いつもだいたい何時に起きるんですか。

佐藤　だいたい朝四時には起きています。

土屋　ええっ！　メチャクチャ早いですね。

佐藤　朝四時に起きて顔を洗い、ネコにエサをあげる。メールをチェックしたあと、今日やるべきことを整理すると、朝四時五十分になります。明け方五時ピッタリになると、ネット版のほとんどの新聞が一気に更新されるんですよ。

朝五時から「朝日新聞」「産経新聞」「毎日新聞」「琉球新報」「沖縄タイムス」、それから「日本経済新聞」と「聖教新聞」も電子版で全部チェックします。

するとと今日のニュースの流れがだいたい見えてくるわけです。ロシア情勢で何か動きがあったときには「×時ごろ記者からいっせいに電話がかかってくるな」といった身構《みがま》えもできます。原稿を書くのは、新聞を全部チェックしたあとからです。

土屋 七紙の新聞を全部読み終わるまでに、どれくらいかかりますか。

佐藤 二〇分もあれば十分です。

塙 さすが情報処理が速いですね。早朝に自分がやるべきことは、こうしてリズムになっている。

佐藤 ええ。意識的にリズムをつけています。原稿の締め切りや仕事の管理にはいろいろな方法を試したのですが、私の場合、どうも電子化はなかなか性に合いません。そこでノートに縦線を引いて、半分は原稿の内容や掲載媒体、もう半分に日程を書き込み、終わったらどんどんバッテンで消していきます。

塙 （ノートをのぞき込む）締め切りの数がハンパないですね。

佐藤 締め切りは毎月八〇本くらいでしょうか。

塙 毎月八〇本！　僕なんて『週刊実話』で毎週やってる「ナイツの週刊ヤホーNE

WS」という連載だけですよ。

土屋 僕が佐藤さんみたいなノートをもっていたとしても「朝、子どもと一緒にマラソンをする」くらいしか書くことがない。（笑）

佐藤 （ノートに書いてある締め切りを数え始める）今月は八六本あった。中には原稿料が出ない雑誌もあるのですが、こういう媒体ではかなり大胆で実験的なこと、今の思いつきメモ的のようなことを書いて議論を整理していきます。

『ベストカー』というのは自動車系の雑誌なんですが、ここの連載「悪いヤツほど愛される」では、私が東京拘置所でずっと隣の部屋だった坂口弘《ひろし》確定死刑囚（あさま山荘事件）のことを書きました。鈴木宗男さんやロシアのプーチン大統領、世界の独裁者のことなど、自由に原稿を書いています。

土屋 それだけ大量の仕事があったら、書くのをコロッと忘れていて漏《も》れていたり、出版社から催促《さいそく》がきてあわてることがありませんか。

佐藤 「『中央公論』の原稿が終わった」「『アエラ』の書評が遅れている」「『文藝春秋』の連載を書かなきゃいけない」とか、やらなきゃいけないことは毎日ノートにメモしていきます。終わったらメモにバッテンをつけてつぶしてしまう。

そんな感じで毎日仕事に追われています。でも、基本的にその日にやるべきことは午前中に全部処理できるようにしています。

一冊のノートにすべて記録する

佐藤　たまたま今手元にあるノートには「１４２」という番号が書いてあります。「１」の番号がついている一冊目のノートは、東京地検特捜部に逮捕されて東京拘置所に入れられたときにつけ始めました。

土屋　佐藤さんが逮捕されたのは二〇〇二年五月ですから、毎月一冊くらいのペースでどんどん大学ノートにメモをつけている計算になりますね。

佐藤　拘置所の中では一冊のノートしかもてませんから、一つのノートにすべてを記録するしかありません。一冊にすべて収まるのは、実はすごく便利です。このノートに書いていなければ、メモはほかに何もない。

誰かと電話したときのメモも、自由日記も、チェコ語の授業に出たときの練習問題の答えも、全部一冊のノートに書いてある。このノートに書いていないことは「ない」も同然なのです。

また、手帳に書いてある日程はあまりアテになりません。今日の対談収録だって最初は十三時スタートの予定だったわけですけど、十三時半開始に予定が変わりました。その日に「三〇分遅らせてください」という連絡を受けたら、もしかしたら手帳に書いてある予定は直さないかもしれません。

するとー〇年後、私がナイツのお二人といつ会ったか確認するときに、手帳に頼るのは危ないわけです。

土屋　古い手帳は一年ごとに捨てちゃうものですし、たとえ保存しておいたとしても、記録として間違っている可能性もある。

佐藤　アポイントをメモしてあっても、普通手帳には実際に会ったかどうかは記録しません。

塙　なるほど。手帳よりも、その日にあったことを一日の終わりに記録する自由日記、行動記録のほうが信頼性は高いわけですね。

佐藤　私の場合、人と会ったことはあとで全部時系列で記録します。〈手元にある大学ノートをランダムに読み上げる〉〈朝五時に起きた〉〈十六時四十三分に自宅に帰り、自宅でシマ（ネコの名前）をピックアップして十七時にタクシーに乗った。十七時半から十七時五十分まで動物病院でシマの診察。下痢《げり》がひどい。肛門をなめないようにエリザベスカラー（ひだ襟《えり》に似た保護具）をつけてもらう〉

塙　こういう日記を毎日書いているんですね。

佐藤　〈十八時に帰る。原稿を書く気にならず。角川財団学芸賞の候補作を選ぶ。二十三時三十分就寝〉。この日は、遅くまで仕事をしていたんですね。

〈七時起床。メールチェック。返信。『潮』の原稿を書き忘れていた。動物病院にシマをまた連れていく。午前中は原稿書きに集中する。このときに『潮』の原稿を書いていた。十八時二十五分まで原稿を書いていた。十八時二十五分に自宅を出て、十八時四十五分に住友新宿ビルに着く。十九時から二十時五十分まで新潮講座をやった。そのあと新潮社の人たちとエスカイヤクラブに行って、この日は新潮社の人たちに払ってもらった〉というようにメモを記録しておけば、あとで読み返したときにその日の記憶が一気によみがえります。

土屋　メモは一日の最後に書くんですか。

佐藤　翌日に書いたり、二〜三日まとめて書くこともあります。とにかく記憶があるうちに全部書いてしまうのがポイントです。

塙　僕はここまで細かくは書きませんが、身のまわりで起きたことや仕事内容は、ブログ[*2]に短く記録しています。

佐藤　私と同じですね。

塙　でも、ここまで細かく身辺雑記を記録している人は初めて見ました。

佐藤　このメモは何かといったら、インデックスなんですよ。シマにエリザベスカラーをつけてもらうために、お医者さんにいくら払ったか。いずれこのネコも死ぬことになるわけですが、死ぬまでに自分が飼い主として何をしたか。そういうことを全部記録しておけば、いずれ原稿を書くとき役に立ちます。

1・2ミリの2B鉛筆でメモ

佐藤　ところで、塙さんは一日の中でいつネタを書くか決まっていますか。

塙　時間帯は特に決まっていません。空き時間に作る感じです。

佐藤　ネタが頭の中でバーッと出てきたとき、書くのが間に合わないときがあるでしょ。たとえばタクシーに乗っているときにおもしろいネタを思いついたのに、目的地に着いてオカネを払い、タクシーから降りて移動しているうちに、ネタが頭からこぼれ落ちちゃう危険性があります。

塙　それはありえます。

佐藤　ボールペンだと、考えるスピードに書くスピードがついていかない。うんと急いでいるときのメモ用に、コクヨの2Bのシャーペンがオススメです。これは芯が0・5ミリではなく、1・2ミリのシャーペンなんですよ。かなり太い。これだったら、思いついたスピードで一番速く書けます。

土屋 シャーペンによってスピードが違うものですか。

佐藤 全然違う。

土屋 へ～。それは考えもしませんでした。（ナイツの二人、シャーペンの書き心地を試してみる）滑りがずいぶん違うんですね。1・2ミリの芯だと、力をそんなに入れなくても書ける。

佐藤 ネタみたいにパッと思いついたことをメモするときには、意外とボールペンよりもシャーペンのほうが良かったりもします。私は結局、芯の太いシャーペンに落ち着きました。

塙 スゲーな。これは全然引っかからない。

佐藤 寝ているときに何か思いつくことがあるでしょ。着想を思いついたり、夢で見たことのうち、仕事で使えそうな内容があったりします。そのときに備えて、私は家のあちこちにメモ用紙とシャーペンを置いているのです。せっかく思いついた着想やアイデアは、絶対に書き漏らしたくありません。

実は〝四人〟だったナイツ

佐藤 ナイツのお二人の場合、ネタを書くのは塙さんの担当です。土屋さんはネタは書かないわけですが、実際に舞台に立ったあと「あのときこうツッコめば良かった」と後悔することはありませんか。

土屋 一個のボケに対して長く考えたうえでツッコミをしても、あまり成功しません。一番に思いついた庶民の感覚、そこを違和感なく指摘することが大事です。だから僕の場合、ライブをやっている最中も終わったあとも、あまり考えすぎないようにしています。

塙 ネタって意外とツッコミからボケを考えるものなんですよ。「こういうふうにツッコまれたらおもしれえだろうな」と考える。

佐藤 すると、塙さんがネタを作るときにはボケとツッコミを両方やっているし、ツッコミをやる土屋さんはボケをやる相方のことも考えているわけだ。自分の中で、常に二つの人格が出てくる。実質的に、四人の人格で漫才をやっているわけですね。

塙 佐藤さんの名言が出ました。

土屋 ナイツは二人じゃなくて、四人だったんだ。（笑）

塙　僕も昔はボケ、ボケ、ボケ、ボケ……と考えていたんですよ。だけどあるとき突然「漫才は二人で一つだ」と意識するようになりました。「こうツッコまれたらウケるだろうな」と考えたら、もっといいネタができるようになったんですよ。ボケ、ボケ、ボケ……だったら漫談で良くなっちゃいます。ツッコミも必要不可欠にしなければ、二人ならではの漫才にはなりません。

佐藤　おもしろい。ネタ作りを考えているときの思考が立体的なんですね。

塙　「こんなふうに間違えてばかりのヤツがいたら、横にいる真面目なヤツからこういうふうに注意されるだろうな」とか二人一組で考えてネタを書いています。

佐藤　皆さんの仕事は瞬時に決まっていくから、その瞬間にメモはとれませんよね。ナイツのお二人のような仕事の場合、頭の中にインデックスをつけておくとすごくいいと思います。そうすれば、何かのきっかけでギュッと凝縮《ぎょうしゅく》された記憶を思い出せますよ。たとえば「内海桂子師匠から聞いた話」というインデックスをつけておけば、あとで瞬時にバーッと二〇〇くらいの小話を引き出せるはずです。

インデックスさえつけて記憶を整理しておけば、一つひとつの記憶はあとで細かく再現できますからね。

塙　ネタはどんなにストックしておいても、すぐになくなっちゃいます。「もっともっとストックしておかなきゃなぁ」と常々思います。

佐藤　わかります。われわれ作家も同じです。常にインプットしてストックを絶やさなければ、書く内容はいくらでもあふれてきます。

オーソドックスから始まる「型破り」

佐藤　われらノンフィクションの世界では、いろいろなタイプの作家がいます。たとえば、だんだん歌舞伎の「仮名手本忠臣蔵《かなでほんちゅうしんぐら》」みたいになってくる作家がいるんですよ。「日本の状況が悪いのは全部中国のせいだ」という十八番、いつもの決まったパターンだけで押し通しちゃう作家がいる。お客さんもその定型パターンを聞くのが楽しいから、いつも同じマンネリの書き方でいい。

あるいは、尾上《おのえ》松之助さんをはじめとして、時代劇の大スターたちが主人公の〝黄門さま〟を演じた「水戸黄門」みたいに、八時三十五分になると「印籠《いんろう》」が出てくる。

塙　「いつものパターンだな」とわかっていてもみんな楽しめちゃう。

佐藤　決まりきったマンネリだからこそ心地いいわけです。

土屋　芸人の世界でも、ひたすら同じパターンだけをずっとやり続けている人がよくいますけど。

佐藤　いつものパターンもやり続けるうえで、別の面では新しく成長していく。マンネリと革新を両方ハイブリッドにできなければ、お客さんから飽きられてしまいますよね。

塙　鉄板ネタやパターンを大事にしつつ、そこに安住せず行き詰まりを打破していく。

佐藤　芸人さんの世界でもわれわれ作家の世界でも、宗教人の世界でも編集者や商社マンにとっても、「型破り」は重要なキーワードです。「型破り」をやるときに、基盤となる「型」がなければただのデタラメになってしまいます。

　創価学会員の強さは、勤行を通じて子どものころから「型」がきちんとあることです。「南無妙法蓮華経」というお題目の限られた文字数の中に、すべての真理が入っているわけですよね。「南無妙法蓮華経」という「型」を徹底的に覚え、徹底的にこだわり、そこから革新的な挑戦を始める。だから「型破り」が成り立つのです。

土屋　今回のお話は奇《く》しくも、勤行の話で終わりました。

塙　そして僕らが思いもしない、すごい結論が導き出された。（笑）

佐藤　ナイツのお二人は勤行と唱題、そして日々の学会活動という「型」が揺るがない。そのうえで、誰も思いもしない「型破り」な漫才ができあがり、斬新《ざんしん》なズレがあるところが、私にはとても興味深いのです。

＊1　**仏法西遷**　日蓮が門下のために著した「諫暁八幡抄」（一二八〇年十二月）には〈月は西より東に向へり月氏の仏法の東へ流るべき相なり、日は東より出づ日本の仏法の月氏へかへるべき瑞相なり〉（御書五八八頁）とある。日蓮の仏法を「日」、釈尊の仏法を「月」にたとえており、月が、輝きはじめる位置が一夜ごとに西の空から東の空へと移っていくと同じように、釈尊の仏法がインドから日本へと伝えられ、東の日本から興った日蓮の仏法が、東から昇り西へと向かう太陽のように、インド、世界へと伝わっていくことをいう。

＊2　**ブログ**　http://ameblo.jp/knights-hanawa/

第5章

友情と夫婦関係

土屋伸之

思想も宗教も違う佐藤さんの
お話をうかがいながら、
よりいっそう池田先生という
師匠との、精神の軸となる
土台の部分をしっかり強くして
いこうと決意できました。

スパイの世界のアヤシイ法則

土屋　大人になると、どうしても利害関係がからんだ人間関係ばかりが増えていきます。

佐藤　そこを完全に切るのは難しいんですけどね。

塙　以前、巨人ファンの不動産屋の人と知り合いになったんですよ。僕も巨人ファンだから一緒に盛り上がって「野球を通じた友情が生まれたかな」と思っていたら、急に投資の話を勧められた。一緒に巨人の応援歌を歌った思い出は、一瞬にして崩れ去りました。（笑）

佐藤　大学の後輩や先輩が突然連絡してきて、ネズミ講《こう》のようなネットワークビジネスに引きずりこもうとすることもあります。

塙　人間関係を利用したうまい話、儲け話には要注意ですよね。

佐藤　これはインテリジェンスの世界の定石《じょうせき》ですが、昔の知り合いから急に連絡が来るときは要注意なのです。そういう人は、基本的にスパイであると考えるのが原則なんですよ。私なんかは、急に連絡してくる人がいると「誰に頼まれたのか」と分析します。

塙　僕のところにも、ほとんど絶縁《ぜつえん》状態に近い人から急に連絡が来ることがあります。「久しぶり。どうしたの？」と訊いてみると、「不動産屋に勤めているんだけど、営業成績が出せなくてどうしようもない。マンションや戸建て住宅への投資を考えてもらえませんか」なんてメールが来ると「えーっ」と引いちゃいます。

佐藤　保険屋さんもそうですけど、切羽詰《せっぱつ》まると背に腹は代えられませんからね。人間関係を失うことになるとしても、友人知人に片っ端から営業をかけていこうと発想してしまう。でもこういうやり方で仕事をしていると、なおさら友人を失って孤立するんですけどね。

一生信頼できる学生時代の友情

塙　佐藤さんにとって、一番仲が良いと言える友だちは何人いますか。

佐藤　一番仲が良い友だちは、大学時代につるんでいた三人です。彼らは特別です。一人は自民党の滝田敏幸（千葉県議会議員）、牧師をやっている大山修司君と、もう一人は自由業で気ままに生活しています。

土屋　同志社大学神学部時代に三人の友だちといつもつるんでいて、今も仲良しなんですね。

佐藤　三人とも一年先輩ですが、学生時代はいつも一緒に遊び歩いていました。仕事を通じて知り合い、信頼できる友だちも中にはいますよね。でも、そういう人たちは、学生時代からの友だちとは比重が違います。

特段用事がなくても「たまにはあいつらと遊びたいな」と思う。そういう友だちは、たいがい学生時代からの腐《くさ》れ縁《えん》です。ひとたび集合をかけたら、いつでも万障繰《ばんしょう》り合わせてやってくる。彼らとの約束は、どんなに仕事が忙しくても優先します。

塙　今は「ベストセラー作家の佐藤優さんだから」ということで近寄ってくる人もいますよね。昔からの友だちは利害なんて関係ありませんから、気を使う必要がありません。

佐藤　外交官時代の私は人と付き合うのが仕事でした。元来、人見知りな性格ですから大変なことがたくさんありました。

塙　嫌な人とも、仕事として無理やり付き合わなければいけない場面もありそうです。

佐藤　第一印象で悪い印象をもった人については、その印象を修正するまでに相当長い時間がかかります。

今の私は外交官ではなく職業作家ですから、「ちょっとヘンな人だな」という第一印象をもった人とは、相手に気づかれない形でスーッと接点を減らします。極力会わないようにするのです。「ヘンな人だな」という違和感がある人と接点をもつと、必ずどこかで摩擦《まさつ》が起きますからね。

異なる信仰の友人とどう付き合うか

土屋　仲の良い友人の皆さんに共通する傾向はありますか。

佐藤　本当のことを全部言わないかもしれないけど、ウソはつかない。それから、約束したことは必ず守ります。そのかわり軽々に約束はしない。ウソをつかず、約束を守る。これって意外と難しいんですよ。ウソをつかないということは、オベンチャラも言わないということですから。

塙　佐藤さんはプロテスタントのキリスト教徒なのに、僕らを含めて多くの創価学会員と違和感なく付き合っていらっしゃいます。異なる信仰をもつ友人知人と付き合うときに、どんなことを心がけていますか。

佐藤　信仰の対象なり価値観が異なる人と付き合うときには、相手が最も大切にしていることの本質を理解する必要があります。

　私の場合、皆さんが信じる日蓮大聖人の教えについて知ろうとして『教学入門』（創価学会教学部、聖教新聞社）という入門書をまず読み始めましたし、皆さんが毎日読誦している勤行要典のことも理解しようと努力します。

創価学会の皆さんが一番大切にしている人は誰か。それは池田先生ですよね。学会員の皆さんとお付き合いするにあたり、私は池田先生の著作を真摯《しんし》に熟読《じゅくどく》して勉強しています。

塙　創価学会では、信心をしていない人とお付き合いしたり結婚するのは本人の自由です。同じ信仰をもっていなければ、結婚が認められないわけではありません。

佐藤　キリスト教の世界でも、神への信仰をもっていない人と結婚するのは基本的に自由です。ただし、そういうときはだいたい「子どもができたときに、キリスト教の教育を受けさせたい」といった条件をつけるんですよ。キリスト教徒でないほうの親が、宗教教育に反対しない。ここを条件につけたうえで結婚する人が多いように思います。

問題は七五三みたいなイベントなんですよね。七五三をやるのはかまわないんだけど、七五三には漏《も》れなく神社のお参りがついてくるでしょ。写真は撮りたいんだけど、お参りは勘弁してほしい。これが子どもを抱えるキリスト教徒の悩みです。お参りして頭を下げさえしなければ、創価学会員の親子が神社で写真を撮るくらい、問題ないんですよね。

土屋　「神社の鳥居はくぐるな」「神輿《みこし》は担ぐな」と言われた時代もかつてはありましたね。

が、今の創価学会は時代に合わせて柔軟に変わってきました。

佐藤　われらキリスト教徒にとっては、クリスマスも厄介なのです。クリスマスツリーはキリスト教の中でも比較的新しい伝統ですし、特にカルヴァン派にはクリスマスツリーを嫌う人がいるんですよ。私もクリスマスツリーが嫌いです。

土屋　クリスマスを祝うこと自体は……。

佐藤　問題ありません。

塙　キリスト教を一切知らない僕らのほうが、佐藤さんよりもクリスマスを楽しんでいるでしょうね。

佐藤　クリスマスはもともと、キリスト教が入ってくる前にヨーロッパでやっていた冬至の祭りの名残ですからね。私の家には十字架もありません。

ときどきローマに旅行に出かけた人が、ローマ教皇の写真と十字架をおみやげに買ってきてくれることがあります。たいへんに申し訳ないですが、私としては受け取り難い品物なんです。

土屋　信仰が異なる友だちとのお付き合いでは、相手の信仰に関わりそうなら、贈り物や発言には慎重にならなければいけませんよね。

ロマン・ロランとツヴァイクの友情

佐藤　友だちをもてず、人間関係が崩壊している主人公の小説が、最近とても高く評価されています。二〇一六年上半期に芥川賞を受賞した村田沙耶香《さやか》さんの『コンビニ人間』もそうです。

土屋　とても閉鎖的な性格の主人公が、この小説で描かれているそうですね。こういう小説が高く評価されるのは、世相を反映しているのかもしれません。

佐藤　「自分が上」という感覚で人を見下したりいじめてしまい、ちっとも友だちを作れない。一五年に山本周五郎賞を受賞し、直木賞候補になった柚木《ゆずき》麻子《あさこ》さんの『ナイルパーチの女子会』はそういう小説です。

一五年下半期に芥川賞を受賞した本谷《もとや》有希子《ゆきこ》さんの『異類婚姻譚《いるいこんいんたん》』は、お互いのことを全然理解できていない夫婦が描かれました。最近大きな賞を取る小説は、この手のものばかりです。

塙　歪《ゆが》んだ世相を映し出した小説ばかりがはやっている。

佐藤　小説は今の世の中の写し鏡なのです。

土屋　空洞化した人間関係ではなく、いつまでも続く深い友情を築いていくために必要なのは、どういうことでしょうか。

佐藤　若い人にとって大切なのは、まず良い友情の実例を知ることです。ロマン・ロラン（フランスの作家）とシュテファン・ツヴァイク（オーストリアのユダヤ人作家）の母国は、第一次世界大戦中にお互いが争い合いました。両者が握手をすれば「反逆者だ」と銃殺《じゅうさつ》されるような時代に、スイスで「平和が大事だ」と対話する。こういう命がけの友情は、一生続くわけです。

二人の例のように模範となる友情を知っている人は、大人になってからも良い友情を築いていけるのではないでしょうか。

塙　良い友情もあれば、集団で結託《けったく》して悪いことをやって「一緒に黙っておこう」と口約束する悪い友情もあります。

佐藤　かたやお互いを「戦友」「同志」と呼べるほど深い友情もあります。創価学会の皆さんの場合、信仰の活動を通じて培った深い友情がありますよね。

私の場合、外務省時代に北方領土問題に一緒に取り組んできた「戦友」がいます。鈴木宗男さん（元衆議院議員）や東郷和彦さん（元外務省条約局長、欧亜局長）は現在別々の道を進んでいますが、お二人との友情は決して崩れません。

塙　スポーツをやっていた人の友情も、のちのちまでずっと続くものです。

佐藤　一緒に甲子園に出場したり、ボート部でボートを一緒に漕《こ》いだ。こういう友情ものちのちまで続くものです。

土屋　体育会系でがんばったり、創価学会の活動のように、お互いが同じ目的に向かって成長をしていく。そういう仲間との友情は不変です。

佐藤　善意だけで緩やかにつながる類《たぐい》の友情は、どうしても弱い。願わくば「戦友」と呼べるような終生《しゅうせい》の友だちを何人ももちたいものです。

親の背中を見て育つ子ども

佐藤　ところで、創価学会には大学生や短大生、専門学校生が所属する「学生部」以外に、小中学生、高校生が所属する「未来部」というグループがありますね。

塙　創価学会では教学の入門となる「任用試験」という試験がありまして、中高生のメンバーも受験対象です。

「高等部のメンバー二人が、まだ受験の意志をはっきりさせていない。塙さん、なんとかメンバーを説得してくれませんか。高等部員が塙さんに会いたいと言っていますし」

そんな相談を受けたので僕が家庭訪問したら「あっ！　ナイツの塙さんだ！」と盛り

上がるかと思いきや、「任用試験、どう?」「勉強が忙しいので」「そうだよね」みたいにテンションがやけに低い(笑)。「どんなマンガが好きなの?」という話から始まって、雰囲気をときほぐすまでに一時間くらいかかりました。

佐藤 多感な未来部のメンバーを大人がきちんと説得するのは、技としてはレベルがかなり高いですね。

土屋 お母さんとしては、息子に任用試験を早く受けさせたい。でも、未来部のメンバーにとっては目の前の勉強や部活のほうが大事ですよね。そんなメンバーの話に耳を傾け、「今年受けられなくても来年また挑戦しようね」と激励することも大事です。

佐藤 柿や桃と一緒で、熟する前に無理やりもぎ取っちゃうと、良くない結果になることがありえますからね。

それにしても、地元の婦人部のメンバーが塙さんに相談してくるところがいいですね。その人の家庭と直接のつながりがない第三者から説得してもらえれば、「親が大切にしている価値観には普遍性があるんだな」ということに子どもが気づけます。

親が子どもの幸せを本当に考え、「創価学会の信仰の道に進んでほしい」と願っている。塙さんのように社会的に成功した人も、親と同じ価値観を共有している。塙さんの存在は、未来部のメンバーにとってものすごく説得力があります。

塙　親の前では照れもありますしね。僕が話をしたことがきっかけとなって、その末来部のメンバーは結局、任用試験を受験してくれました。

佐藤　子どもが一時期親に反発して信心から離れたとしても、お父さんやお母さんは全然心配する必要はありません。親がきちんと信仰し、なおかつ功徳を受けている宗教であれば、子どもは必ず戻ってきます。

塙　そこは太字で強調しておきましょう。（笑）

佐藤　親がキリスト教の教会で役員をやって立派なことを言っているのに、片方で浮気をしている。家に帰ってくると、ものすごく冷たい夫婦関係で会話がまったくない。こういう家庭の子どもが、自分もキリスト教を信じようとは思いません。「いくらカッコいいことを言ったって、こんな冷たい家庭を作っているような宗教は偽《ぎ》善《ぜん》だ」と見抜いてしまうわけです。

家庭では受験戦争や進学先、世間体ばかり気にしているのに、外に対しては「愛の精神をもちなさい」と訴える。「ウチの親には裏表があるじゃないか」と子どもは見抜くわけです。宗教が本物であり、なおかつ親が真《まこと》の信仰者であれば、こういう矛盾は生じません。

熟年離婚を防ぐための必殺技

土屋 人生の先輩として、夫婦関係を持続する秘訣《ひけつ》について教えてください。

佐藤 私は一回離婚を経験していますから、ここは自信をもって言えます。夫婦円満のコツは一つだけ。「言葉」です。

塙 言葉遣いの問題ですか。

佐藤 ええ。私が結婚生活に失敗した一番の原因は、言葉でした。配慮に欠ける言葉を使ったりして、ねぎらいの言葉をかけなかった。夫婦間の多くの問題は、言葉遣いによって解決するのではないでしょうか。

土屋 「休みの日には家でゆっくり寝かせてくれよ。オレは普段から出張が多いんだから」とダンナが思っていても、パートナーのほうは旅行に行きたかったりします。

塙 「昔はよく外食に行ったのに、結婚してからは全然外にご飯を食べに行かなくなっちゃった」なんて不満を抱えていたりする。

塙 家庭不和や離婚の話って、急にバッと出てくるといいますよね。こっちはまったく不満を抱えていないのに、奥さんのほうはずっと前からダンナのことを嫌だったりして。ウチの奥さんは普段何も文句を言わないので、「もしかしたら喉元までできているん

じゃないか」と不安になるときがあります。（笑）

佐藤 でも発症するときにはタイミングがありますから。子どもの卒業、子どもの結婚、子どもの就職。

塙 そういうタイミングで熟年離婚する。

佐藤 花粉症と一緒ですよ。ある閾値《いきち》（ある反応を起こさせる、最低の刺激量）を超えると、あふれて発症してしまう。そのタイミングが、子どもの手が離れた瞬間だったりするわけです。

塙 家庭不和は、あるとき病気みたいに「発症」するんですね。（笑）

佐藤 花粉が溜《た》まっているうちに、スギ花粉やヒノキ花粉の抗体ができてしまえばいい。家庭不和を防ぐためには、普段から夫婦でよく話すことです。それから、「ありがとう」といった当たり前の言葉を意識的に口にして相手に伝える。「以心伝心でわかる」という態度ではいけません。

"FaceTime"と"Skype"には要注意

佐藤 それからもう一つ、「距離」も重要です。結婚してからの遠距離生活、単身赴任は危ない。必ず定期的に自宅に帰るようにしたほうがいいです。「単身赴任していても、iPhone《アイフォーン》さえあれば無料でテレビ電話ができる“FaceTime《フェイスタイム》”や“Skype《スカイプ》”で連絡できるから大丈夫だ」なんて思っていてはいけません。夫婦は直接会わないと。

Skypeの連絡をだんだん取らなくなるのも問題ですし、FaceTimeのテレビ電話機能をオフにして、音声だけで連絡するのも危ない。それは、見せたくない世界が自分のまわりにできているあらわれですからね。FaceTimeは、夫婦関係をチェックするための究極の王道です。FaceTimeは一度も使わない。あるいは使うのであれば、いつ電話がかかってきても周囲の背景を撮られてもいいようにしておくべきです。

土屋　使うときと使わないときがあるのは良くない。

佐藤　突然電話がかかってきたときに、夫婦間でさえ映像を見せられない。これは生活状況がアヤシイ証拠ですよね。FaceTimeは究極の監視装置です。しかも人工衛星を使って現在地を測定できるＧＰＳ（Global Positioning System）までくっついていますから。

土屋　逆にFaceTimeのようなツールをうまく利用すれば、単身赴任中でも夫婦仲をうまくできる人もいるかもしれません。

佐藤　でも、やっぱり基本はリアルで会うことです。FaceTimeとＧＰＳはいつもオンにしておくと、なんだか監視されているような気がしてきますしね。夫婦のどちらかが寂しがったり不安になるうちに、「五分に一回チェックが入る」といった方向にエスカレートすると悲劇《ひげき》です。

ケンカになりそうなときは外国語にスイッチ

塙　佐藤さんが夫婦ゲンカをしたときには、どうやって修復しますか。

佐藤　多少の行き違いはありますが、今のところ大きなケンカは一度もありません。日本語の言葉遣いって難しいですよね。遠回しな言い回しや、言外に含んだ言い方が多いから、ストレートに意図が伝わらないことがあります。だから面倒くさい話になると、ロシア語に切り替えちゃうんですよ。ウチの奥さんは元外交官でロシア語が上手ですから。

塙　「アイラブユー」みたいなことはロシア語で言っちゃう。

佐藤　そういうのは絶対ロシア語で言います。それから「君の言うことは間違っているよ」なんて日本語で言ったら「あんた言っていることがおかしいな。どういうことだ」なんて話になっちゃう。（笑）

親の話や親戚の話をするときには、特に言葉遣いが複雑になりがちです。感情を刺激しそうになるとき、何か議論するときには、パッとロシア語に切り替えちゃうと都合がいい。

土屋　ケンカになったときにはどうしますか。

佐藤　こちらに非があれば謝る。非がなければ謝らない。あるいは、お互いの意見がぶつかりそうなときには問題を棚上《たなあ》げして、話をガラリと変えちゃうことです。

土屋　一つ文句を言い始めると、あとからあとから不満が噴出して止まらなくなっちゃうこともあります。

佐藤　そういうときには、全部言い終わるところまで言ってもらったほうがいいでしょうね。

土屋　ウチの奥さんは一回火がつくと、落としどころが見つかるころには夜中になっちゃいます。

佐藤　そういうときは、とにかく謝り続けたほうがいいでしょうね。要するに「謝罪していない」という問題ではなく「謝罪が足りない」という話ですから。

人間関係を破壊するオカネの貸し借り

佐藤　『闇金ウシジマくん』はマンガもテレビドラマや映画もおもしろいですよ。あれを見ていると「こういう世界には絶対行かないようにしなければな」と震《ふる》えます。欲望に勝てず、ちょっと見栄を張ってクレジットカードを使いすぎる生活をほんの少しズラしていくと、『闇金ウシジマくん』の世界に行っちゃうから怖い。

とにかくオカネの貸し借りは怖い。実は私の周囲で起きている夫婦ゲンカは、オカネの問題がけっこう大きいんですよ。勝手に人にオカネを貸してしまったり、勝手に兄弟や親の連帯保証人になってしまう。すると夫婦全体の問題になるわけです。

土屋　ちゃんと夫婦間で相談しておけばいいのに、オカネの問題で独断専行したせいで信頼関係が壊れ、さらには現実的に家計費が足りなくなっちゃう。

佐藤　オカネの問題のせいで、子どもの教育に影響が出てしまう。あるいは親の病院代に影響が出る。親を病院の個室に入れたいのに、オカネがないからできない。オカネの問題が原因で起きた夫婦ゲンカは、けっこう深刻な方向に発展します。

塙　「ダンナのオレが稼《かせ》いでいるんだから、オレが勝手に使って何が悪いんだ」なんて言い始めたらおしまいです。

佐藤　身内の間では、オカネの貸し借りはするべきではありません。もしそういう局面に立たされたときには、そのオカネはあげちゃったほうがいいです。たとえば親しい人から「三〇万円融通《ゆうずう》してくれないか」と言われたときには「三〇万円は融通できない。でも三万円だったらあげられるよ。君が本当に三〇万円必要なのだったら、僕と同じ考えの人をあと九人探せばいいはずだ」と答えてみてはどうでしょうか。

土屋　なるほど。それならまだ無理がありませんね。

佐藤　「オカネを貸してくれ」と言うロシア人は、限りなく「オカネをくれ」と言うのに近いんですよ。家族の誰かが病気になってしまったとか、家が雨漏りしたから改修しなければいけないとか、のっぴきならない事情が一人残らずあるわけです。

親しい人からそういう頼みを受けたときには、できる範囲内であげちゃったほうがいい。そのほうが後腐れがありません。

「貸してくれ」はスパイの常套手段

佐藤　私はいつも、「教会で出会った信者同士のオカネの貸し借りはやめたほうがいい」とみんなに言っています。どうしてもそういうお願いをしなければいけないのであれば、弁護士のところで借用書を作ってもらったり、公証人役場でハンコを押して、何%かの利息をつけて返す。法的な貸借《たいしゃく》義務関係を負う書類まで作ってしまう。

どうしても誰かから融資をしてもらいたいときには、人間関係の甘えをもちこまず、ビジネスとして貸し借りしたほうがいいです。

土屋　創価学会でも、会員同士の金銭貸借は厳禁です。そういうことを始めたら、信心の団結が破壊されてしまいますから。

塙　そもそも「オカネを貸してほしい」という言い方が良くないですよね。「ください」だったらまだしも、「必ず返すから貸してほしい」と言われると、人間関係がある相手だと困っちゃいますから。

佐藤　ちなみに「貸してくれ」という言い方は、スパイの常套《じょうとう》手段なんですよ。たとえば塙さんが雑誌の『潮』をもっているとしますよね。『潮』は六三七円出せば買えるのに「貸してくれ」と言ってもっていったら、返すときにもう一回接触できるでしょ。相手と二回目の接触をするために、スパイの世界では貸し借りをしたがるのです。

こっちから関係をつけたいときには、オカネでもモノでもわざと借りてしまう。そうすれば、返しに行く口実ができますからね。相手と付き合いたくないときのシグナルは、「貸してくれ」と言われたときにその場でパッとあげちゃう。すると二回目の接触をしなくても済みます。継続接触をしていくのは、スパイの世界の大原則なのです。

世界宗教化する創価学会を研究し続けたい

塙　長らく続けてきた僕らの語らいも、そろそろ終わりを迎えようとしています。佐藤さんは今後、どういう分野で仕事をがんばっていく意気込みですか。

佐藤　一九六〇年生まれの私は、すでに五十代後半にさしかかりました。たぶん今の調子で頭が回転を続けられるのは、あと一〇年でしょう。体が今の調子で回転できるのは、それ以上に短いと思わなければいけません。

ですから、今後は仕事を選び、仕事を捨て、よりいっそう作家の仕事に集中しなければいけないと思っています。それから、作家業と並行して教育の仕事にも力を入れていきたいです。

私は作家になって一〇年ちょっとフル回転で仕事をしてきましたが、単著は一五〇冊程度しか出せていません。共著だって三五〇冊くらいです。すると、今後それ以上たくさんの本を出すことはできないでしょう。

今まで自分が書きたいことをどれくらい書けているかというと、実のところ、二割も書けていません。やらなければいけない仕事を形として残していくため、そろそろ自分で決めて、自分で仕事を捨てなければいけない時期に入りました。

土屋　佐藤さんは『地球時代の哲学　池田・トインビー対談を読み解く』や『「池田大作　大学講演」を読み解く』、公明党の山口那津男代表との対談集『いま、公明党が考えていること』をはじめ、創価学会・公明党に関する書籍も多く著されてきました。

佐藤　外から観察していると、創価学会がますます世界宗教化していることがよくわかります。キリスト教が世界中で土着化していったのと同じように、創価学会も世界中で土着化してきました。土着化とは世界宗教の特徴です。創価学会は日本から生まれた宗教ですが、日本特有のドメスティック（国内的）な宗教ではなく、実は最初から日蓮仏法をベースとした世界宗教だったのではないでしょうか。

宗教家としての天賦《てんぷ》の才をもった池田先生が、民族、文化、階層、階級の違いを超えて、日蓮仏法の真髄を世界に土着化させることに成功したのです。

創価学会研究、池田思想研究は、私の今後の仕事の大きな核になります。キリスト教神学の訓練を受けた私のような人間が、世界宗教としての創価学会を分析する。その仕事は、日本社会に一石を投じることになるでしょう。それにともなって、創価学会の世界宗教化をおもしろく思わない人たちからもさまざまな意見が出てくるでしょうけどね。

土屋　思想も宗教も違う佐藤さんのお話をうかがいながら、よりいっそう池田先生という師匠との、精神の軸となる土台の部分をしっかり強くしていこうと決意できました。僕らの知らないお話をいっぱい聞かせていただき、本当にありがとうございました。

佐藤　ナイツのお二人は、世界宗教である創価学会の信心を実践し、結果を出し続けるたいへんなお手本です。

塙　僕ら二人の「浅草の漫才師」というイメージは、もはや拭《ぬぐ》い去れないところまで浸透したと思います。僕らはまだ若いですから、永遠に浅草だけで漫才をやるのではなく、全国ツアーをやりながら各地に打って出ていきます。これからの数年間、芸人としての振り子をもっと広げていきたいです。

佐藤　人をバカにするとか、蔑《さげす》むとかいったところではない笑いの力が、お二人にはある。これはすごいことですよ。

塙　「人を喜ばせよう」という気持ちのほうが、どう考えたって絶対強いですから。

佐藤　ビジネスや学問、芸能の世界にあって、ましてや人生において、思いがけない試練や逆境に直面することがあります。ナイツのお二人との対話を通じて、信仰をもつということは、そうした逆風に負けない強さをもつということであると、改めて確信しました。お二人との語らいは本当に楽しかった。これからもますますの活躍に期待しています。

あとがき

私はほとんどテレビを見ない。映像情報は、もっぱらインターネットとＤＶＤから得ている。芸能情報に疎《うと》い私でも、お笑い芸人のナイツの名は知っていた。ボケの塙宣之氏とツッコミの土屋伸之氏は、私の周辺の漫才ファン（なぜか全国紙の政治部記者に多い。政治の世界と漫才に通じる要素が多いからだと思う）の間でもとても評価が高い。しかし、私がナイツの漫才で初めて見た作品は、創価学会が広宣流布のために制作した動画であった。私が尊敬する創価学会のメンバーと会食懇談したときにこの作品を見せてくれた。私は箸《はし》を止めて、この番組に見入った。実に興味深かった。この作品について、創価学会公式サイトにはこう記されている。

ナイツ「何があってもあきらめナイッ!!」
【カテゴリ】よくわかる創価学会―ＶＯＤセミナー
【本編】25：26
人気漫才コンビの知られざる下積み時代

「ＶＯＤセミナー」第1弾！　人気漫才コンビ「ナイツ」の二人によるセミナーを収録したもの。コンビ結成直後の交通事故や、漫才協会での下積み時代。つらい日々を支えたのは、学会の同志の励ましであり、断じてお笑いで日本一になるとの、強き一念だった。テレビなどで活躍している通りの、二人の息のあった掛け合いは必見！（ＳＯＫＡチャンネル　番組ガイド：https://vod.sokanet.jp/program/Knights.html)

このときから、私はナイツのお二人と会いたいと強く思うようになった。私の思いを潮出版社の皆さんが叶えてくださった。塙さん、土屋さんと会えてほんとうによかったと思った。それは、この二人が創価学会の信仰を中心に生きている人だからだ。

私の理解では、宗教には二つのタイプがある。

第一は、その人の人生にとって部分に過ぎない宗教だ。部分としての宗教にはさまざまなタイプがある。内面的信仰に純化し魂の安定を追求するが、経済活動や社会生活と信仰は切り離されているというケースや、縁結《えんむす》び、商売繁盛《はんじょう》のような個人的利益を求めて、神頼《かみだの》みのようなことをするが、その願いが叶うか、あるいはまったく叶わないことがはっきりすると、その宗教に関心をもたなくなる人もいる。あるいはライバルの失敗を呪う目的で宗教を用いるような人もいる。こういう宗教は、偽《いつわ》りの、疎外《そがい》された宗教と私は思っている。

これに対して、宗教が信仰者の人生の中心に据《す》えられ、あらゆる行動が信仰によって規定されるという第二のタイプの宗教がある。イスラム教、キリスト教、日蓮仏法を継《けい》承《しょう》する創価学会が第二のタイプであることは間違いない。創価学会、キリスト教、イスラム教の特徴は、普遍的価値観を個別の文化、文明、民族などに土着化させる力をもった世界宗教であるということだ。ナイツのお二人との対談を通じて、塙さん、土屋さんが、池田大作ＳＧＩ（創価学会インタナショナル）会長と異体同心で、世界広宣流布の最前線で闘っている現実を体感することができた。ナイツのお二人は、類《たぐ》い稀《まれ》な「笑い」を作り出す才能を用いて世界広宣流布に従事しているのだ。

人間は嬉しいときだけでなく、悲しいとき、悔しいとき、絶望的なときなどにも思わず笑ってしまうことがある。フランスの哲学者アンリ・ベルクソンの『笑い』（岩波文庫）を読むと、人間は自らの力の限界と接したときに思わず笑いが出るということがわかる。人間の限られた知性の外側につながる回路を笑いはもっているのだ。塙さんと土屋さんは、「笑い」によって自らの信仰を身体全体で表しているのだ。

二〇一七年十一月十八日は、世界宗教史に記念される日になった。この日に創価学会会憲が施行されたからだ。会憲には、次のように明示されている。

牧口先生、戸田先生、池田先生の「三代会長」は、大聖人の御遺命である世界広宣流布を実現する使命を担って出現された広宣流布の永遠の師匠である。「三代会長」に貫かれた「師弟不二」の精神と「死身弘法」の実践こそ「学会精神」であり、創価学会の不変の規範である。日本に発して、今や全世界に広がる創価学会は、すべてこの「学会精神」を体現したものである。（ＳＯＫＡｎｅｔ創価学会公式サイト：http://www.sokanet.jp/info/kaiken.html）

ナイツのお二人は、芸能活動のなかで公に創価学会について語ることはしないと思う。しかし、「三代会長」に貫かれた「師弟不二」の精神と「死身弘法」の実践を漫才の世界で体現していることは本書を通して充分に理解できるはずだ。ナイツの漫才と接した人は、創価学会の価値観にも触れるのである。

本書で、塙さんと土屋さんは、正面から創価学会の信仰の言語も用いながら、自らの芸能活動について語っている。創価学会員にとっては自らの信仰を深めるための優れたテキストになるのではないか。同時に、ナイツのファンではあるが宗教には関心のない読者でも、塙さんと土屋さんが、どういう価値観、人間観に立っているかが本書を読むとよくわかる。ナイツの秘密を知るために本書は必読だ。

本書でナイツのお二人が繰り返し強調しているのが、逆境や艱難《かんなん》に負けない強靭《きょうじん》な人間力をつけるための智慧だ。この点について、池田大作SGI会長の次の教えが、塙さんと土屋さんの身体に叩き込まれていると私は見ている。


私たちは、いかなる障魔《しょうま》が競《きそ》い起ころうとも、強き信心で、御本尊に祈ることができます。そして、共に励《はげ》ましあえる同志がいます。

したがって、学会とともに歩《あゆ》む人生、それ自体《じたい》が、最高の「難即安楽《なんそくあんらく》」の人生を歩んでいることになるのです。


いたずらに難《なん》を恐《おそ》れて、〝ほどほどに〟小さく固《かた》まって生きる――そうした臆病《おくびょう》な姿勢《しせい》では、「歓喜《かんき》の中の大歓喜」は得られません。日蓮大聖人の仏法は、消極的《しょうきょくてき》人生とは対極《たいきょく》にあるといってよい。

「大難来《だいなんきた》りなば強盛《ごうじょう》の信心弥弥悦《しんじんいよいよよろこ》びをなすべし」（御書一四四八㌻）、「賢者《けんじゃ》はよろこび」（御書一〇九一㌻）です。

「さあ何でもこい！」「難《なん》があるからこそ、人生を大きく楽しめるんだ。多くの人を救《すく》えるんだ」という、究極《きゅうきょく》の積極的《せっきょくてき》人生にこそ、真実の安楽《あんらく》があると教えられている

のです。（池田大作著、『創価学会　永遠の五指針』聖教新聞社、二〇一七年、七四～七五頁）

私は創価学会員ではない。日本基督教団に所属するプロテスタントのキリスト教徒だ。同志社大学神学部と大学院神学研究科で組織神学（キリスト教の理論）を学んだ。二〇一六年からは神学部客員教授として後輩の神学生に教義学を教えている。信じる宗教は異なるが、私は、ここで池田ＳＧＩ会長が示した真理は、世界宗教のすべてに共通する内容を含んでいると考えている。ナイツのお二人は、「さあ何でもこい！」「難があるからこそ、人生を大きく楽しめるんだ。多くの人を救えるんだ」という生き方を体現している。だから私は、塙さんと土屋さんが好きなのである。

本書を上梓するにあたっては、潮出版社の幅武志氏、末永英智氏にたいへんにお世話になりました。

塙宣之さん、土屋伸之さん、幅武志さん、末永英智さん、ほんとうにありがとうございます。

二〇一八年一月二日

佐藤　優

佐藤 優 さとう・まさる

1960年東京都生まれ。同志社大学大学院神学研究科修了後、専門職員として外務省に入省。在ロシア日本大使館に勤務、帰国後は外務省国際情報局で主任分析官として活躍。『国家の罠』（毎日出版文化賞特別賞）、『自壊する帝国』（大宅壮一ノンフィクション賞）、『創価学会と平和主義』（朝日新書）、『地球時代の哲学』（潮新書）など著書多数。

ナイツ

ボケ担当の塙宣之は、1978年千葉県生まれ。ツッコミ担当の土屋伸之は、1978年東京都生まれ。二人は創価大学の落語研究会で出会い、2001年に漫才コンビを結成。03年「漫才新人大賞」受賞。08〜10年「M-1グランプリ」決勝進出。11年「THE MANZAI2011」準優勝。16年度（第67回）芸術選奨 大衆芸能部門 文部科学大臣新人賞受賞。

人生にムダなことはひとつもない

二〇一八年　一月　二日　初版発行
二〇二一年　六月三十日　六刷発行

著　者——佐藤　優
　　　　ナイツ（塙　宣之・土屋伸之）
発行者——南　晋三
発行所——株式会社　潮出版社
〒一〇二—八一一〇
東京都千代田区一番町六　一番町SQUARE
〇三—三二三〇—〇七八一（編集）
〇三—三二三〇—〇七四一（営業）
振替口座　〇〇一五〇—五—六一〇九〇

印刷・製本——中央精版印刷株式会社

ISBN978-4-267-02094-0 C0095

http://www.usio.co.jp/

本書は、潮ＷＥＢで二〇一五年十月から一七年四月までに連載された
「今を生きる幸福論」に加筆・修正し、単行本化したものです。